Der Autor
Benjamin Horrig ist Autor und Musiker.
Er lebt in Bochum und zieht wahrscheinlich bald
wieder um.
Außerdem macht er irgendwas mit Menschen.
Sein Hang zu WG-Zimmern und Abenden auf der
Suche nach dem richtigen Leben lässt seine
Geschichten nicht unberührt. Dabei alles so rau wie
möglich, bis es albern wird. Geschichten erzählen nur
so viel, wie das Erlebte dahinter auszudrücken
vermag.

Sonst Quatsch.

Ende.

Benjamin Horrig
War doch klar

Impressum

© 2. Auflage 2021 Benjamin Horrig

Verlag und Druck: tredition GmbH, Halenreie 40-44, 22359 Hamburg
Autor: Benjamin Horrig

www.mittwochmorgenblues.blogspot.de

Satz: Urs Nienstedt, Essen

ISBN: 978-3-347-23386-7

I

Eine ungelesene Nachricht

Sie ist wieder da und noch immer keine Spur von besseren Tagen. Bloß das letzte Semester. Aber sie ist wieder da.

Wenn ich ehrlich bin, macht mich das nervös. Ein Jahr ist eine lange Zeit.

374 Tage nach ihrem Verschwinden.

Naja. Willkommen zurück.

Nachricht gelöscht.

Mein letztes Semester,
statt Korken knallen U-Bahntüren.
Haltestelle Ruhr-Universität.
Ich steige aus und spüre beginnende Kopfschmerzen.
Außerdem Kribbeln im Schläfenbereich zu unruhigem
Herzschlag.
Würde gerne eine rauchen, habe aber meine Zigaretten
verloren.
Zur Begrüßung also kalter Wind und dunkel und viel
zu früh am Tag.
Eingepfercht zwischen anderen armen Schweinen
schiebe ich mich über den Asphalt.
Starre auf den Boden und hoffe auf bessere Zeiten.
Zwei Jutebeutel rempeln sich an und gucken bescheu-
ert.
Irgendeinem Arschloch geht es nicht schnell genug.
Wahrscheinlichstes Szenario: Tod durch Gedrängel.
Ich möchte zurück und nicht hier sein, muss aber ein-
fach durchhalten. Einmal noch durchhalten und au-
ßerdem die Sache mit dem Prüfungsamt klären.
Um der Welt zu entfliehen, denke ich an gestern: mein
Geburtstag, die Party, die Musik.
Alles Gute, Muck!
Du bist jetzt vierundzwanzig.
Geh deines Weges und begegne dem Leben mit Freude.
Dazu erinnere ich ein Lied:

Don't you miss something?
All these worst-case dreams?

Ebenfalls gestern: *ihre* Nachricht.
So eine Scheiße. Schwindel setzt ein.
Kopfschmerzen mittlerweile reales Problem.
Ein Jahr vergeht ganz schön schnell.
Ich habe ziemlich lang nicht mehr an sie gedacht.
Streife durch Jacken und Umhängebeutel zur Treppe und atme meine Aufregung in den schwarzen Himmel.
Hinter mir knistern die Leitungen der U-35.
Sie fährt an und verschwindet leise.
Ich nehme die Stufen und laufe bald über die Dr.-Gerhard-Petschelt Brücke.
An einer Stelle schwarzes Graffiti, der verheißungsvolle Satz: **Beton brennt doch!**
Dazu kein Feuer, sondern in der Ferne schäbige Leuchtbuchstaben an der Bibliotheksfassade.
Neonröhren schmoren Muster in die Dunkelheit.
Als ich die Philosophische Fakultät erreiche, sehe ich schon die üppige Menschentraube am Eingang, die überfüllten Flure dahinter.
Weil Leben immer auch Entscheiden heißt, bleibe ich stehen und warte ab.
Lehne mich an den einzigen Baum, der hier wächst.
Langsam einatmen.
Das ist ein gutes Gefühl.
Einfach warten, bis das Gedrängel nachgelassen hat, denke ich.
Weil es noch immer dunkel ist, hat das Ganze auch diesen Vor-dem-Tag-Charakter: Alles schläft, man selbst ist wach und der Kaffee kocht. Blubbert vor sich hin.
In meiner Küche wäre jetzt das Fenster beschlagen, hier sind es die Brillengläser eines geschätzten Drittsemesters, der rasch ein Putztuch zückt und sich die

Brille vom Kopf reißt, um sie zu polieren. Es würde mich nicht wundern, wenn ich erführe, dass er Politik studiert. Seine Finger reinigen die Gläser, sein Blick mustert das Volk.

Ich nehme eine Flasche Wasser aus meinem Rucksack und lehre sie in einem Zug. Verdammter Nachdurst. Nur ein paar Schritte entfernt steht eine Knolle Damenfleecejacken um einen strahlenden blonden Typen, der wahrscheinlich Bastian oder Jannis heißt. Und die studieren wahrscheinlich alle Pädagogik. Oder Soziologie. Oder Sozialpädagogik.

Irgendwas mit Menschen.

Die geben Leuten später den Rat, auf ihre Körper zu hören und sich nicht zu sehr ins Ungleichgewicht zu stürzen.

›Da müssen Sie ganz genau auf sich achten, wann Sie wirklich Hunger haben, und wann es nur Ihre Schwierigkeit ist.

Der Körper hat da seine ganz eigenen, natürlichen Strategien, sich mitzuteilen. Falls es Ihnen hilft, ich bin nun auch wirklich betroffen.‹

Ich schätze die Gegenwart des Baumes und erwäge ein Leben im Wald.

Die Knolle löst sich von ihrem Platz und schiebt sich Richtung Eingang, Jannis/Bastian geht voran in die Schlacht. Der Held. Ich wünsche ihm einen Ellenbogen ins Gesicht.

Passiert aber nicht.

Stattdessen schluckt ihn die Glaspforte zur Fakultät mitsamt seinem Anhang. Wie ein Trichter saugt sie die ganzen Leute auf.

Ich riskiere einen Blick zum Wolkendach und sehe, dass sich die ersten deutlichen Streifen Tageslicht darauf abzeichnen. Die ersten Glühweinstände werden aufgebaut, Waffeleisen laufen heiß.

Noch einmal der Versuch, an letzte Nacht zu denken, bevor sie endgültig vorbei ist.

Ich atme tief und gleichmäßig.

Meine Augen sind geschlossen.

Ich stehe neben Mark, meinem besten Freund, und sage ihm, dass Vergangenheiten sinnlos sind.

Jemand wirft sein Glas runter. Scherben wälzen sich durch den Dreck und den Staub und werden festgetreten. Zwei, die grölen, weil ihnen der Krach gefällt.

Ich bekomme eine Nachricht. Dazu einen Schnaps und ziemlich wenig Sauerstoff.

Ende.

Augen geöffnet.

Jetzt ist sie weg.

We have no more hopes,
we are vagabonds.

»Wäre doch toll, wenn das klappen würde!«

Vor der riesigen Pinnwand steht ein Mädchen mit Schal und Enthusiasmus und zeigt auf irgendeine Annonce. Hält ihren Freund im Arm.

Jeden Morgen stehen da welche im Foyer und schauen, ob sie etwas für sich entdecken können. Haben ihre Augen auf den Traum eines pulsierenden Lebens gerichtet. Am Nachmittag hängt vielleicht noch eine abreißbare Kontakt-Info und am Abend hängen schon ganze Schichten neuer Anzeigen am Brett.

Tapeten aus studentischem Einerlei.

Passend dazu jeden Tag ein Tapetenwechsel.

Ich muss jetzt raus aus diesem Eingangsbereich und in die Cafeteria.

Keine leichte Aufgabe bei all den Leuten, aber Bochum hat schon weitaus Schlimmeres von mir verlangt.

»Hey, Muck!«

Ich kenne den, der mir zuwinkt. Ein Typ mit Locken und Streifenpullover und immer offener Jacke.

»Hanno«, sage ich, »wieso bist du denn hier?«

»Unterlagen abholen. War ne coole Party gestern!«

»Danke! Viel Glück! Sehen wir uns nachher?«

Er nickt und verschwindet zwischen Wollmützen.

»Dir auch viel Glück beim Amt!«, ruft er noch.

Hanno gehört zu den Leuten, die auf Mensendächer klettern und einem erzählen, wie groß alles wird, wenn man es nur von der richtigen Warte aus betrachtet.

Manchmal schwierig zu ertragen, aber schön.

Als ich ihm erzählt habe, dass ich dem Prüfungsamt nicht vertraue und kaum daran glauben kann, den ganzen Studienkram mal abzuschließen, sagte er nur, das werde schon. Und wenn nicht, dann ginge es eben weiter.

Was auch sonst.

Für ihn geht es schon sehr bald weiter, denn er ist fertig mit dem Studium.

Ich merke heimlich, dass mich unser Treffen gefreut hat.

Das plötzlich flaue Gefühl schiebe ich darauf, dass ich noch nicht gefrühstückt habe.

Ein paar Schritte weiter und in der Cafeteria schließlich unendliche Schlange vor der Kasse.

Rankommen unmöglich, also muss ich zum Kaffeeautomaten.

»Pass doch auf!«, höre ich, als mir einer in die Seite läuft. Dazu Fluchen von der Kasse, weil ständig irgendwas runterfällt.

Ich gehe entschlossen weiter, durch den morgendlichen Standard der Brutalität bis zum Ziel.

Am Automaten dann intensiver Tastendruck.

Stopfe 20-Centstücke hinein und warte ab.

Nichts passiert.

Klopfe dagegen, er brummt.

Wieder nichts.

Totalverweigerung.

Trete ein paar Mal davor, kein Brummen mehr.

Dafür drängt jetzt die Zeit, denn hinter mir hat sich auch eine Schlange gebildet.

Allerhand stumpfe, reservierte Gesichter und manische Finger, frenetisches Hämmern auf die Touchscreens.

Nervosität bis auf den Flur.

Das-kann-doch-nicht-sein-dass-da-jetzt-noch-keine-Antwort-ist-ich-hab-schon-vor-zwei-Minuten-ge-schrieben-und-vor-zwei-Sekunden-nochmal-nachge-fragt-ich-raste-aus-ich-raste-aus-ich-raste-aus!

Verdammter Trubel!
Ich weiß nicht, ob das wiedereinsetzende Brummen aus dem Automaten kommt oder doch aus meinem Kopf.
Weiß nur, dass die ersten wütenden Gestalten vorbei-ziehen, sichtlich unbefriedigt, wie ich es mir erlauben kann, so lange zu warten.
Passe mich an und schaue grimmig, darauf Elendsre-flexion im Produktfenster eines Kaffeeautomaten.
Scheiße, sieht das albern aus.
So beruhigen Sie sich doch alle mal ein wenig!
Das ist ja nicht zum Aushalten und eine Schlange ist eine Schlange ist eine...

Klatsch!

Stifte rollen über den Boden.
Der Reihe nach explodieren Gemüter, als hätte jemand ein Etui voller Zündhölzer nach ihnen geworfen.
Irgendsoein schüchterner Batik-Typ greift mit knallro-tem Kopf zwischen Schuhen und abgestellten Taschen umher. Versucht den Überblick darüber zu behalten, wer ihn gerade anschnauzt.
Ich hebe einen seiner Stifte auf, meine etwas von we-gen, sowas passiere mal. Schließlich sei es noch früh und überhaupt, hör nicht auf die Leute hier, die sind alle verrückt. Er nimmt seinen Stift und läuft davon. Die Umstehenden reagieren mürrisch. Wieder eine Mi-nute Verzögerung.
Was ist überhaupt mit meinem Kaffee?
Noch immer kein Becher, nur Zahnradknirschen.

Ich ertränke meine Gereiztheit in Gedanken an das Drängeln-an-sich.

Bochumer Studentenmorgen.

Alle fangen an zu sprudeln, als kämen sie frisch aus einer Sauerstoff-Kartusche geschossen.

Da muss man distanziert bleiben, sonst Massenschlacht.

Also bleibe ich distanziert.

»Das hast du ja wieder toll hingekriegt!«

Diese Stimme... kommt mir doch... bekannt vor.

Jetzt eine Pause.

Aber wieso antwortet denn nie jemand, wenn...

»Muck!«

Mist!

Ich schiele über die Schulter und sehe in das Gesicht von Lisa, die ganz dicht hinter mir steht.

Cellophan-Gefühl.

»Jetzt verpasse ich den Anfang des Seminars!«

»Hallo. Wow, was für eine Begrüßung.«

Und ich verpasse dir gleich eine, du komisches.

Menschen.

Ding.

Ich rekapituliere ein paar aufdringliche Erinnerungen an sie und unsere Tage vor acht Semestern und stelle fest, dass sie allesamt einen ekelhaften Beigeschmack haben. Ein bisschen wie der Geschmack von Blut, aber das kann auch daran liegen, dass ich mir auf die Lippe gebissen habe.

»Es ist doch allgemein bekannt, dass man vorsichtig auf die Tasten drücken muss!«

»Klar.«

»Muck Mattis!«

»Sorry, wusste nicht, dass du es ernst meinst.«

»Doch und das weiß wirklich jeder!«

»Okay, ja, ganz bestimmt. Du, ich muss weg.«

Während ich mich an ein paar Bystandern vorbeischlängle, um Lisa aus meinem Leben zu entfernen, stürmt aus der Küche ein weißer Kittel und nimmt den Automaten ins Visier. Er runzelt die Stirn, nickt bestätigend und zieht einen Schlüsselbund hervor.

Der Automat hat einen Fehler, der muss weg.

Ganz klar.

Cafeteria-Mitarbeiter in weißem Kittel.

Arzterscheinung.

Lisa daneben.

Sie versucht, ihm zu erklären, dass ich vermutlich einfach zu oft auf die Taste gedrückt habe oder das Geld nicht richtig eingeworfen. Dabei fasst sie sich an den Kopf und ich habe Angst, dass gleich etwas explodiert. Interessiert ihn aber nicht.

Er schmunzelt nur und bittet sie, mal zur Seite zu gehen, er müsse jetzt da dran.

»Entschuldigst du dich bitte bei dem Mann?«, sagt sie halb gezielt in meine Richtung.

»Du bist echt un...«

Weiter kommt sie nicht, denn der Arzt hat dem Patienten die Bauchdecke geöffnet und heraus fällt ein übervoller Becher Espresso.

Er klatscht auf den Boden und hinterlässt eine matschige, braune Pfütze.

Diesmal keine Zündhölzer, sondern Dynamit.

Lisas Hose unter den Betroffenen.

»Das gibt's doch nicht«, höre ich den Facharzt sagen, »der muss sich festgeklemmt haben. Richtig ist das so nicht!«

Und ziemlich viele Leute fangen an zu lachen.

Nur Lisa steht kopfschüttelnd da.

Noch eine Erinnerung, die sich mir aufdrängt: Lisa auf ihrem Balkon. Sie sagt, ich solle mich endlich um meine Zukunft bemühen. Dass ich das nicht einsehe, so typisch für mich. Ein Streit von unzähligen, an unzählig vielen Tagen, an denen schon die Nachmittage schief hingen.

Ich lasse mich aus der Cafeteria treiben und schiebe einen gewaltigen Riegel vor die Lisa-Vergangenheit.

In der Gegenwart sehe ich noch, wie einer sie antippt und fragt, ob sie denn nun einen Kaffee wolle oder doch lieber nicht, er würde ihn ihr auch ausgeben.

Nach ihrem Schnauben ist das alles verschwunden und ich stehe auf dem Flur.

Freud nannte die Geburt den katastrophalen Anfang.

Ich schaue mich um und erfasse die Möglichkeiten dieser Katastrophe:

Noch immer alles voll, noch immer viel zu laut.

Fühle mich selbst kaum noch, stattdessen Kribbeln und Unruhe.

Auf dem Weg zum Hörsaal kein weiterer Automat, aber Glühweinstände überall.

Einfache Wahrheit: Ich folge dem Schicksal.

Ein bisschen schlecht wird mir schon, als ich mich vor dem nächsten Stand nach Kleingeld absuche.

Vielleicht sollte ich einfach weitergehen, weil es noch sehr früh ist und ach, die ganze Sache mit dem Trinken!

»Ich nehme einen«, höre ich meine Stimme sagen.

»Gerne, mit Schuss?«

Die Antwort lässt sich offenbar von meinem Gesicht ablesen, denn die luftige Frühaufsteherin greift zum Rum.

Ich bedanke mich und bestelle gleich noch einen zweiten, für später, man weiß ja nie.

Zwischen den Fasern ihrer Freundlichkeit schleicht Misstrauen umher. Bestimmt hat sie schon einmal irgendwo gelesen, dass es gar nicht gut ist, früh am Morgen viel zu trinken und Schwierigkeiten hat ja auch jeder mal und so.

»Den bitte auch mit Schuss«, sage ich.

Kurz darauf entlässt sie mich mit einigen Bedenken in die große, kalte Welt.

Bereits nach dem ersten Schluck die brutale Frage: Bin ich wirklich erst vierundzwanzig? Noch dazu ganz frisch?

Ich fühle mich nicht frisch, ich fühle mich alt, verbraucht, noch einmal aufgehoben, ausgenommen, ausgewrungen und in die Ecke geworfen.

Natürlich nur wegen der Kopfschmerzen.

An allem sind immer nur die Kopfschmerzen schuld.

Wirklich am Ende sind die anderen Leute hier. Die führen ernste Minen mit sich, als wären Bitterkeit und Frust feste Bestandteile ihrer Alltagskleidung.

Lebensfreude kennen sie nur aus den Erzählungen ihrer Eltern, wenn die mal alte Kamellen auspacken und so richtig frei von der Seele plaudern, wie saumäßig krass sie früher waren.

Ich nehme den nächsten Schluck.

Hitze fließt durch meinen Kopf und gelbes Holz von Hörsaalpforten sticht mir die Augen aus.

Hier bin ich also, denke ich. Merke dabei, wie mir der Gedanke widerstrebt, Zeit in diesem aufpolierten Keller zu verbringen. Neben den aufpolierten Leuten mit ihren aufpolierten Fragen zum Scheinerwerb. Creditpoint-Jäger beim Frühsport.

Wenn du schon am Morgen dein Bestes gibst, fällt es dir auch im weiteren Verlauf des Tages leichter, die anderen abzuhängen. Das kommt mir so sinnlos vor, dass ich mich immer wieder frage, ob es nicht besser wäre, einfach hinzuschmeißen.

Die Neuentdeckung eines uralten Gedankens.

Ganz ohne Selbstmitleid, denn Selbstmitleid ist die bevorzugte Ausrede phlegmatischer Teilnahmslosigkeit.

Darauf nehme ich noch einen Schluck.

Und noch einen.

Der erste Becher ist leer und das tut gut. Ich stelle ihn auf eine Heizung und gehe weiter ohne Scham.

Jetzt die Sache ruhig angehen lassen, den Morgen entfalten und spüren, wie mir die Nacht vom Nacken rieselt.

Soll es doch sinnlos sein, mich berührt das nicht.

Ich habe noch immer einige Restbestände vergangener Nacht.

Nebenerscheinungen, Kopfschmerzen, Schwindel, aufgeworfene Fragen: Das gehört eben alles dazu.

Muss man in Kauf nehmen, wenn man will, dass es einen packt. Gestern hat es mich gepackt und wer wäre ich, mir das jetzt verderben zu lassen!

Als ich nach der Klinke greife, bin ich unbewegt und über alle Gezeiten des Unmuts erhaben.

Platz einnehmen, bereit sein.

Ich bin bereit.

Trete frohen Mutes über diese unbedeutende, am Kosmos bemessen verschwindende, vergängliche, irdische Schwelle ins Dunkel.

Nur vorwärts, sagt der Ritter in mir und ich folge ihm.

Ich folge ihm in einen winzigen Hörsaal voller Studenten.

Das ist überhaupt keine erquickende Sache.

Dieser Saal ist klein, die Luft in ihm stickig.

Die Halogenröhren an der Decke sind kaputt, die Decke selbst ist ein Mosaik aus Dreck und bröckelndem Putz.

Das Licht ist aufgedunsen und die Stimmung schummrig. Raumgroße Lokalanästhesie.

Das ist nicht schön, dieses Waberlicht.

Ich nehme einen Stehplatz an der Wand ein und füge mich der Katatonie einer Vorlesung.

Es muss an der Situation liegen, dass der Glühwein plötzlich abgestanden schmeckt.

Er hinterlässt einen unangenehmen Film auf meiner

Zunge, dass ich ihn am liebsten irgendwo hinspucken würde.

Um nicht gar nichts zu tun, starre ich durch die Gegend.

Zähle Löcher in den Wänden und bilde mir ein, hier die letzten Zeichen der schlafenden Revolte zu sehen.

Kerben im Putz, von Verzweifelten geschlagen, um ihrem Schicksal zu entfliehen.

Die Dozentin hängt kernaggressiv über ihrem Pult und probiert an einem Mikrofon herum, das nicht funktioniert.

Lautsprecherboxen hängen schweigend von der Decke, ihre Membranen sind schwarze Löcher im Universum der Sprache.

Ich sehe, wie mein Nachbar ein Thunfisch-Baguette aus einer Papiertüte zieht, weil ihm offenbar alles egal ist.

Kannst uns ruhig einsauen mit deinem Fraß, denke ich.

Oder meine ich, gedacht zu haben, denn er schaut mich entgeistert an.

Er lässt das Baguette zurücksinken und nuschelt was von wegen, manche Leute würden sich echt anstellen.

Ich realisiere, dass ich es nicht bloß gedacht habe.

Dann reißt ein abartiges Knacken die Schlafenden aus ihren Träumen.

Zweihundert Menschen in Schockstarre, Dornröschen stirbt vor Schreck an einem Herzinfarkt.

Doch die Anlage funktioniert nun endlich und knarzt ihren Müll in unsere Ohren:

Die Vorlesung an sich
Stück in einem Akt

Akt 1 Retardierendes Moment

Requisiten Dozentin, Studentenpulk, ein wenig Sauerstoff.

Dozentin Für vier Creditpoints schreiben Sie einen Essay und schließen die Vorlesung mit der Klausur ab.
Frage Wann war nochmal Ihre Sprechstunde?
Dozentin Dienstags.

Frage Bieten Sie auch mündliche Prüfungen an. Die Info mit dem Essay kam ja schon spät.
Dozentin Nein.

Verwirrter Typ Aber ich brauche doch vier Creditpoints. Ein Essay gibt nur zwei.
Dozentin Sie schreiben ja auch noch eine Klausur.
Verwirrter Typ Ach, ja. Richtig.

Dozentin In der Klausur geht es darum...
Keck eingeworfene Zwischenfrage Gibt es eine Alternative zur Klausur?
Dozentin Nein.
Frage Auch keine Mündliche?
Dozentin Nein.
Frage Wirklich nicht? Ganz sicher?
Dozentin Wirklich nicht. Ganz sicher.

Stresswesen Und wenn ich die Klausur nicht bestehe?
Dozentin Dann haben Sie nicht bestanden.
Stresswesen Geht das denn so einfach?
Antwort von irgendwo Nein.
Stresswesen Puh.

19

Dozentin Doch.
Stresswesen Oh Gott!
Dozentin Ja.

Kanon nach mehrstündigen Panikattacken

Das.
Ist.
Alles.
So.
Viel.

Dozentin und Studentenschaft lachen hysterisch. Universum und Weltenlauf erliegen
einer psychotischen Episode.
Muck trinkt Glühwein.
Die Uni explodiert.
Alle sind tot.
Ende.

Morgenluft auf Universitätsfluren empfängt mich wie versprochene Freiheit.
Ich muss dringend Zigaretten kaufen.
Und frühstücken.
Die Vorlesung kann ohne mich weiterlaufen.
Ich lasse sie hinter mir und das Rumpeln der zufallenden Tür hallt durch willkommene Stille.
Wie nach dem Besuch im Schwimmbad, wenn man mit diesem leichten Druck auf den Ohren auf die Straße tritt und sich in den kühlen Abend fallen lässt, von Wellenbecken und Chlorfontänen schon ganz müde.
Die Ohren dröhnen, weil sie nur den Lärm gewöhnt sind. Ich genieße die Ruhe, solange sie anhält.
Überprüfe schnell meine Vitalzeichen:
Augen offen, Atmung intakt, Puls im akzeptablen Bereich.
Brummen im Kopf nach Glühwein verschwunden.
Dafür jetzt ein Brummen in der Tasche.
Schaue auf mein Handy, Nachricht von Mark.

Arschloch!

Mehr steht da nicht, ich rufe ihn an.
»Du bist so durchschaubar!«
»Wieso bin ich n Arsch?«
»Keine Ahnung.«
»Nicht dein Ernst.«

»Komm zur Cafeteria, ich hab was für dich.«
»Da war ich schon. Außerdem kann ich nicht. Vorlesung.«
»Ja klar, bis gleich.«
»Bis gleich.«

Wir legen auf und ich mache mich auf den Weg.
Vergesse die Zigaretten und das Frühstück wegen Freundschaftsdienst.
Seit Jahren sind wir immer wieder der Grund für wechselseitige Versäumnisse. Unsere Geschichte begann irgendwann an Heilig Abend, weil wir in derselben Kneipe festsaßen.
Außer uns gingen dort nur Großstadteskapisten ein- und aus, die versuchten, so weit wie möglich voneinander entfernt zu sein.
Menschen ohne Bezug zu irgendwas, die sich so sehr an den Puls ihrer Stadt klammerten, dass sie darüber ihren eigenen vergaßen und überhaupt nicht mehr unterscheiden konnten.
Zwischen Höhenflug und Rausch.
Herzklopfen und Tachykardie.
Erschöpfung und Sehnsucht.
Mark war keiner von ihnen.
Er wollte einfach nicht zu Hause sein.
Ich war dort, weil ich arbeiten musste.
»Was ein Jammer«, hat er gesagt.
»Eine Scheiße ist das«, antwortete ich und besorgte uns etwas zu trinken.
Er trug ein T-Shirt der Hansen Band und meinte, solche Musik würde ich wahrscheinlich überhaupt nicht mögen, aber die hätten was und außerdem passte das alles gerade so gut und wir haben uns eine Weile darüber unterhalten, über den Film und die Musik.
Wir schauten abwechselnd den Verlorengegangenen zu und ignorierten den eigenen Müßiggang. Haben den

Besoffenen zugewunken und die Haltlosen mit Schnaps vertröstet. Ihnen Illusionen eingeschenkt und versucht, Öl in die Sparflammen ihrer Herzen zu gießen.
Er half mir beim Kellnern und Abfüllen.
Wir füllten die Gäste ab. Füllten uns ab, wurden betrunken und machten einfach immer weiter.
Bis zum Morgen.
Bis die Straßen draußen im kalten Licht des ersten Weihnachtstages ertranken.
Am Ende der Schicht wurde ich gefeuert.
Bekam später eine Rechnung für die verschenkten Getränke per Post als Flashback einer Nacht.
Dazu ein paar Reinigungskosten und sowieso die Empfehlung, mich selbst zu beerdigen, bevor es der Ladenbesitzer täte.
Nichts, was einen beunruhigen sollte.
Nichts, was von Bedeutung war.
Eigentlich war das alles gar nicht wichtig.
Eigentlich war das einzig Wichtige dieser Nacht, dass Mark und ich akzeptiert hatten, uns zu mögen.
Gleich nach dem ersten Schock schlitterten wir in eine abrupt-raue Zeit des Nächteabklapperns. Man müsse sich die Lethargie vom Herzen klopfen wie schäbigen Putz von Reihenhäusern, hat er immer gesagt.
Und das hat uns doch ziemlich viel gegeben.
An den guten Tagen viel von allem, an den übrigen viel Schnaps, um sich über Wasser zu halten.
Die meisten waren seitdem gute Tage. Er besitzt ein Gespür für Menschen und für Dinge, die knallen.
Irgendwie auch für das Richtige.
Nur Heilig Abend bekommt ihm nicht. Das macht ihn jedes Jahr immer wieder ein kleines bisschen kaputt.

Ich reibe mir die Schläfen und muss mich bemühen, die Konturen um mich herum wieder scharf wahrzunehmen. Sie kehren zurück mit Gesprächslärm und Trittschall, mit Jacken und Taschen.

Von der kurzen Stille nach meiner Flucht ist nichts mehr übrig.

Als ich überlege, was Mark mir wohl zeigen möchte, schießt mir Amarettoduft in die Nase wie ein ganzer Schwarm Angelhaken.

Zwecklos, sich da zu wehren!

Ich verfolge die Schnur bis zu ihrem Ursprung:

Da steht einer mit Armbändern und Festivalbändchen. Locken und fahrigem Blick.

Er sortiert irgendwelche Zeitungen auf dem Tisch und rückt Tassen zurecht.

Als er mich sieht, grinst er mich an.

Vollkontaktperson.

Ich grinse nicht zurück.

Mit unendlicher Routine schüttet er Kakao in eine Tasse und gibt Amaretto hinzu. Grinst nochmal, schüttet etwas Amaretto nach und hält mir die Tasse hin:

»Du siehst aus, als bräuchtest du den.«

Dazu von überallher Krach.

»Danke«, sage ich und weiß nicht, ob ich mich freuen soll.

»Keine Angst, du musst keine Zeitung kaufen.«

Ich nehme den Kakao und bedanke mich nochmal. Der Vollkontaktmensch nickt leise und schiebt weiter Zeitungen umher.

Ich versuche einen Schluck gegen alles Schlechte dieser Welt.

Das tut gut.

Der Lärm ist mir egal, die Leute um mich herum genauso.

Es könnte Frieden sein.

Im nächsten Moment höre ich Türen auffliegen, Angeln knarzen und Schritte wie Donner über den Flur grollen. Eine Lawine Sporttaschen erfasst mich. Ich werde mitgeschliffen und verliere den größten Teil meines Getränks an eine ausholende Handbewegung. »Sorry, Alter!«, höre ich noch, während der Kerl sich weiterschiebt und über sein Wochenende auslässt. Über diese echt heiße Perle und so Zeug. Mein Fluchen hört er gar nicht, weil er längst vierzehn weitere Menschen überrollt hat, die jetzt zermatscht am Fußboden kleben. Es verschafft mir lediglich eine Idee von Genugtuung, dass er auch den braunen Fleck nicht bemerkt, den seine beschissene Jacke von nun an tragen wird. In Anbetracht des Massakers ein sehr kleiner Trost, aber das hier ist eben Bochum.

Den Rest Kakao trinke ich auf der Stelle aus, die Tasse werde ich behalten. Das geht gut runter, genug Amaretto für den Beschluss, sie der nächsten unachtsamen Person an den Kopf zu werfen. Da gibt es dann auch Flecken. Jacke oder Kopf - man muss nicht immer unterscheiden.

»Was guckst du denn so grimmig?«

Als ich meinen eigenen Kopf aus diesem Abgrund der Feindseligkeit hebe, stehe ich vor der Cafeteria. Mark lehnt vor mir an der Wand und sieht kritisch auf den Gegenstand in meiner Hand.

Instinkte, denke ich. Instinkte!

Er steht da mit seiner Lederjacke und dem kurzen, struppigen Blond seiner Haare. Trägt ein Bandshirt zur schwarzen Jeans.

»Schau dich einfach mal um!«, entgegne ich gehetzt.

»Jaja, schon klar. Die ganzen Menschen.«

Ich überlege, ob er das Opfer meiner Tasse werden soll. Entscheide mich jedoch für einen gemeinsamen Feind.

»Seit wann dürfen Sportstudenten hier rein?«

»Vielleicht ein Versehen.«

»Kein Versehen, die haben es drauf angelegt!«
»Oder sie haben Besinnungstage an der Gorilla-Akademie. Jedenfalls: komm runter!«
Ich freue mich über unsere Verkommenheit und versuche, das Tosen unter Lachen zu begraben.
Klappt natürlich nicht, tut aber gut.
Zur Krönung hält er mir etwas vors Gesicht.

!!!!Semesterabschuss!!!!

Endlich wieder Bierpreise und Umrisse von Tanzenden, große Buchstaben, Ort und Uhrzeit. Heute um neun! Feiern wie nie zuvor.
Auf der Rückseite irgendetwas, sieht aus, wie mit Bleistift geschrieben. Nicht weiter wichtig.
Auffallend missmutig beäuge ich das Stück Papier.
»Nicht einmal du darfst dir das entgehen lassen.«
»Sag mal, siehst du die Tasse hier?«
Ich halte sie drohend in die Luft, schwenke sie hin und her.
Er steckt die Einladung hinein.
»Jetzt komm schon.«
»Hast du gerade...«
»*Anna* ist auch dabei.«
Seine Worte schwappen in meinen Verstand. Fühlt sich an, als hätte ich mich an ihnen verschluckt.
Anna in Deutschland.
Anna und die Nachricht.
Bilderwut.
Es ist verdammt heiß.
»Sie ist nach einem Jahr wieder hier und hat nichts Besseres zu tun, als auf irgendeine alberne Party zu gehen?«
»Das muss hart für dich sein. Ganz allein mit deiner

26

Einstellung.«
»Ich...«
»Es wird dich nicht umbringen!«
»Kann schon...«
»Und außerdem bist du ihr etwas schuldig.«
»Was zum...«
Er mustert mein Gesicht.
374 Tage ohne Kontakt, 379 nach unserem ersten Treffen.
Aber ich brauche keine Vergangenheiten.
Und er hat Unrecht. Er könnte gar keinem größeren Unrecht erliegen. Selbst, wenn ich sie sehen wollte, würde das rein gar nichts ändern.
Gar nichts.
»Ach, was soll's!«
»Gut!«
»Aber ich mache das nur, weil du es bist.«
Wenn mich nicht alles täuscht, sieht er gerade ganz schön zufrieden aus.
Mit so einer ekelhaften Mondlandungseuphorie um den Mund herum.
»Ich muss jetzt auch los«, sagt er.
»Okay. Warte, hast du Drehzeug?«
»Du bist lebensunfähig ohne mich. Weißt du das, Muck?«
Er gibt es mir.
»Danke.«
»Wir sehen uns später!«
»Jaja, verschwinde.«
Absprung.
Er wirft sich in die Fluten.
Ich will mein Glück versuchen und das Frühstück nachholen.
Einen Kaffee trinken.
Vielleicht neben Mandarinenschalenduft sitzen, den Tag entfalten. Vor allem aber möchte ich nicht an Anna

denken.

Als die Tür hinter mir zufällt und Mark sicher außer Reichweite ist, ziehe ich die Einladung aus der Tasse. Ich begutachte den Schwarzweißdruck, die Silhouetten und Ziffern. Es sind blasse Kakaostreifen an einem der Ränder, das Papier darunter ist aufgeweicht. Auf der Rückseite:

›18:30 Uhr, am Geländer.‹

Erkenne, dass es nicht Marks Schrift ist und auch nicht seine Art, Nachrichten zu hinterlegen. Die Bleistiftlinien sind schwungvoll auf das Papier aufgetragen worden, zeichnen mit hauchdünnen Linien ein weibliches Bild.

Sollte sie sich wirklich wünschen, dass ich mitkomme? Kann es sein, dass über ein ganzes Jahr ein bisschen von dem, was da war, geblieben ist und einfach wieder hervorbricht?

Was für ein Quatsch!

Gar nichts lässt sich konservieren und ich schiebe diese Gedanken auf den Amaretto und die noch immer frische Luft.

Also Ablenkungsmanöver zur Vitrine und in die Schlange. Zu Lifestyle-Häppchen und gesundem Vollkornquatsch. Alles für bewusste junge Menschen, die sich portionsweise hergerichtete Lebensqualität erlauben, wenn sie munter und ausgeschlafen in den neuen Morgen starten.

Das sind Leute, die aufrecht am Tisch sitzen und ihren Partnern berichten, wie abwechslungsreich sie mal wieder gelebt haben. Partner, die lässig fragen, ob es nicht an der Zeit wäre, einmal dieses berüchtigte Haferflocken-Stroh-und-sonstiges-Gericht zu kochen, weil ihnen die Bröckchen im morgendlichen Vital-Müsli ja schon so unheimlich gut geschmeckt haben.

Wahrscheinlich kochen die gar nicht, sondern köcheln. Ich versuche, in das Fach mit den Bageln zu greifen und scheitere kläglich, weil da eine steht, die ihren Kopf lethargisch von einer Seite zur anderen neigt und ansonsten völlig erstarrt ist.

»'Tschuldigung, darf ich mal?«

Sie rückt zur Seite. Beobachterhaltung. Hände in die Taschen vom Kapuzenpulli. Muss wohl darin herumwühlen.

Als ich mir einen Bagel herausnehme, atmet sie schwer und ich komme mir barbarisch vor.

»Ich könnte ja auch einfach irgendwas essen«, sagt sie. Schaue sie an und sehe eine koffeinfreie Cola-Light aus ihrer Umhängetasche ragen.

Der Kätzchen-Aufnäher daneben macht mir Vorwürfe. Slapstick-Moment.

»Aber so ist das eben, wenn man auf sich achtet.«

Dabei wirft sie sich die Haare aus dem Gesicht.

Kurzstillstand der Erdenbewegung.

Ich glaube, sie erwartet etwas.

Zeige daher auf die Cola.

»Ja! Die ist zuckerfrei.«

»Und koffeinfrei.«

»Bist wohl ein ganz Schlauer!«

»Ne, aber... ach, egal.«

Da ist so ein Schnauben, doch sie sagt nichts. Stelle mir vor, wie sie Feenbilder malt, in denen Köpfe abgebissen werden und bewege mich vorsichtig an ihr vorbei. Schaffe es zur Kasse und riskiere noch, einen Kaffee dazu zunehmen.

Fülle ihn in meine neue Tasse und finde sogar einen leeren Tisch.

Mit Fensterblick.

Die erste Ruhe nach dem Sturm ist immer die schönste. Wenn das Rascheln von Jacken dumpf wird und das Klappern von Besteckkästen zu einem Hintergrundgeräusch.

Gegen die Fensterscheiben ein zäher Wind, der Blätter

aufwirbelt und an Baumkronen rüttelt.

Stelle mir vor, wie er die ganze klobige Universität zum Einsturz bringt und alle anfangen, hysterisch zu lachen, bis sich auch dieses Geräusch im Wind verliert.

Ich nehme noch einen Schluck.

Das soll hier ja auch ein Schiff sein, das im Hafen liegt.

Eine ganze Architektur folgt dem Gedanken, im Hafen des Wissens anzulegen.

Ich hielt das immer für Quatsch und konnte die Leute nicht für voll nehmen, die mir zeigen wollten, dass die Parkhäuser den Bug darstellen und die Schornsteine auf den Dächern an Schornsteine großer Dampfer erinnern sollen.

Eben bis jetzt.

Weil Glühwein und Amaretto mir den Kopf verdreht haben, bin ich verliebt in eine absurde Idee.

Beiße ein Stück von dem Bagel ab und kaue sehr langsam.

Dann höre ich, wie ein Stuhl betont schnarrend verrückt wird und sehe den Typen, der sich vor mich setzt.

Er wirft mir ein komisches Lächeln zu und ich bekomme das Gefühl, dass er mir etwas verkaufen möchte.

Natürlich erkenne ich ihn sofort und spüre deutlich, wie auch ich verrückt werde.

Da sitzt nämlich Simon, Freund und treuer Vasall von Lisa, der seine schnörkellose Biographie so belanglos auf der Stirn trägt, dass es einen bestürzt.

Wie beim Mitleid, nur nicht so von oben herab.

»Tag, Muck. Alles klar?«

Schaue irritiert.

»Sicher.«

»Vielleicht sollten wir mal reden.«

Wieder sein Verkäuferlächeln. Ich finde das lächerlich.

Als wäre er frisch auf dem Weg in irgendeine Firma, die schon so eine Art Familie darstellt.

Reif und erwachsen, dem Kindsein zum Trotz und der Jugend endlich entkommen. Dass er sich zu mir setzt, obwohl er mich hasst, weil man Schwierigkeiten eben angeht wie ein Mann.

»Wüsste nicht worüber«, sage ich und sehe dabei seinen Stolz aufleuchten wie einen brennenden Hochofen.

»Du weißt aber, dass du Lisa sehr verletzt hast?«

»Sorry.«

»Bei mir brauchst du dich nicht entschuldigen, sie ist diejenige…«

»Ich meinte, es kann ja nicht jeder ihr Schoßhund sein.«

Stille schießt zwischen uns wie ein Pfeil ohne Ziel. Ein paar sinnlose Sekunden in einem sinnlosen Gespräch.

»Du weißt manchmal gar nicht, wie du auf andere wirkst. Oder, Muck?«

»Sag mal, hat sie dir einen Text mitgegeben?«

»Ich versuche, ein erwachsenes Gespräch mit dir zu führen.«

»Das ist komisch, ich dachte immer, dazu gehört mindestens ein bisschen Selbstbestimmung.«

»Sehr lustig.«

»Ist jetzt wahrscheinlich vernünftiger, zu antworten. Oder ist Schweigen besser?«

»Wirklich sehr lustig.«

»Du musst umblättern.«

»Was?«

»Dein Script.«

»Mach keine Scherze, Muck!«

»Okay. Aber so ganz ohne Lisas Vorgaben?«

»Jetzt hör mir mal genau zu…«

Ich schaue in diese ausdruckslosen Augen und trinke meinen Kaffee aus. Sehe Buchstaben über seine Lippen rollen, deren Klang Wut darstellen soll. Und Empörung. Emotionen ohne Nuancen, die Lisa in seinem

Kopf zusammensteckt.

Babysprache für Menschen ab fünfundzwanzig.

»Ich hör dir bestimmt nicht zu«, sage ich und sehe, wie er eine Faust ballt, sich ermahnt, die Hände in die Taschen steckt. Einen Mundwinkel anzieht. Zittern seines Kiefers.

»Muck, wenn hier keine Leute wären...«

»Ja, schon klar. Ist ja nicht zu übersehen.«

»Ich würde dich...«

»Jedenfalls: Mach dich ruhig lächerlich, damit Lisa sich irgendwann erkenntlich zeigt. Darum geht es doch.«

Ich stehe auf und er bleibt mit seiner Wut dort sitzen.

Mit seinem verletzten Stolz und dem unerbittlichen Frust in seinem Herzen, das er mit Lisa vollgepumpt hat.

Als Bedingung für ihre Liebe verlangte sie das von ihm. Er kann sie nicht mehr enttäuschen, weil er sie nicht mehr überraschen kann.

Niemanden kann er noch überraschen, denn er ist gar nicht mehr da.

Er sieht nicht zu mir, als ich mich davonmache, sondern auf die Müllreste, die überall auf dem Tisch herumliegen. Auf Flyer für Veranstaltungen, die längst gelaufen sind.

Auf Kaffeesatzreste in verbeulten Pappbechern mit abgekauten Rändern. Auf Mayonnaise-Flecken und abblätterndes, gelbes Holz und schließlich auf seine Faust, die er auf den Tisch schlägt.

Im Treppenhaus glaube ich an schlechtes Karma, das an einem Ort klebt und an jedem, der sich dort aufhält.

Seit wir uns kennengelernt haben, heißt es immer wieder Lisa. Seit sie mit ihm zusammen ist, auch immer wieder Simon. Als kreise sie in einem riesigen Orbit um Stress und verletzten Stolz.

Auch nach Jahren noch.

Auch, nachdem sie endlich jemanden gefunden hat. Dieser jemand kreist im Orbit um Lisa und das ist dann auch alles.

Mehr gibt es nicht.

Im Großen und Ganzen der Abriss eines Lebens.

Ein paar Typen schießen an mir vorbei und die Stufen hinauf, als rannten sie um ihr Leben. Die erste Aufzugkabine ist gefüllt mit stressverzerrten Gesichtern und zur Schau gestellter Prüfungsangst. Davor Wartende, die von einem Fuß auf den anderen wippen, ihre Unterlagen kontrollieren, seufzen, erneut kontrollieren. Aus einer anderen Kabine purzelt ein einziger, ratlos ausschauender Kerl heraus, hält das Handy an sein Ohr gepresst wie einen Druckverband. Als würde ihm die Identität aus dem Kopf laufen, wenn er nicht ununterbrochen mit jemandem in Kontakt stünde. Er wirft einen ängstlichen Blick durch die Traube vor ihm und huscht an ihr vorbei, ehe sie in die Kabine drängt.

Dass dieser Tag brachliegt, bevor er begonnen hat, liegt seit Stunden auf der Hand. Dennoch weigere ich mich, ihn so zu sehen. Ich habe mich immer geweigert, im Schlechten das Schlechte zu sehen. Da macht man es sich so einfach und versaut es sowieso.

Während ich mir eine drehe, erinnere ich mich an Urlaube im Wurfzelt unter strömendem Regen, an eine unfreiwillige Sprachreise, die sich nur ergeben hat, weil irgendein Anschlussflug ausgefallen ist. Und an Mark, den ich nur kennenlernen konnte, weil ich über Weihnachten arbeiten musste.

Vor der Fakultät betrachte ich den mittlerweile zum grauen Vorhang gewordenen Himmel und erinnere mich zurück an den Herbst, als meine Familie alles Göttliche verlor. Daran, wie ich damals glaubte, das müsse das Ende sein. Ich war zum ersten Mal vor die Wahl gestellt, mich an das zu klammern, was verging, oder es gehen zu lassen.

Damals tat es weh, ohne Boden zu stehen.

Heute weiß ich, dass es der Beginn der Jugend war.

Während ich mit den Händen einen Windschutz errichte und versuche, den Tabak zum Glühen zu bringen, denke ich daran, wie unehrlich man eigentlich ist, wenn man im Schlechten das Schlechte sieht. Das ist Lügen auf höchstem Niveau!

Die Leute halten an ihren Unzulänglichkeiten fest, weil sie keinen Bock haben, mal etwas anders zu machen.

Keinen Bock, mal eine andere Perspektive zu sehen, sich mal anders zu verhalten oder anderen gegenüber anders eingestellt zu sein. Mal einen anderen Gedanken aufgreifen, nicht immer den erstbesten. Auch mal einen aufwühlenden, der vielleicht nur im ersten Moment aufwühlend ist und einen dann irgendwie bereichert.

Aber die Leute haben eben keinen Bock.

Und als Rechtfertigung leiden sie.

Ich sehe Lisa und Simon vor mir. Die beiden verteufeln alles Wilde, alles Spontane. Alles Unerhörte, Losbrechende.

Sie haben die Jugend verteufelt und verschwendet.

Sie haben sich verschwendet.

Ich halte die Zigarette zwischen den Lippen und krame meinen Block hervor, weil ich da etwas reinschreiben muss.

Lehne mich an eine der Steinsäulen hier und unterdrücke den Hustenreiz und das Brennen in meiner Lunge:

Am ehrlichsten scheint mir noch die Jugend, wenn sie
ruchlos und rückhaltlos ist, wenn sie Chaos ist und
unersättlich. Ihre Fassaden tanzende Leidenschaft,
die ein Stück weit dazu beiträgt, dass es schwarze
Himmel gibt, in denen sich beständige Konturen ver-
laufen. Sie schreien die Dummheit der Anderen her-
aus, halten sich für etwas Besseres. Sie sind das, was
sie zu verkörpern suchen, wenn auch nur während
des verzweifelten Schlages gegen ein System von ver-
schachteltem Nichts, das sie nichtig machen soll. Wo-
anders ist das kaum auffindbar: Das Ignorieren des
Spiels, indem man es spielt, das Aufgehen in den ei-
genen Worten, die für Zuhörer geschmiedet sind. Es
hört sich nicht richtig an, weil es kein Richtig gibt.
Dafür ist er da, ein Zustand immerwährenden So-
Seins, der sich auflöst oder, tief verwurzelt in den
Kerkern der Persönlichkeit, als Zündflamme erhalten
bleibt. Sie trinken auf den Knall, die Explosion und
darüber hinaus auf nichts.
Ich glaube, das ist Ehrlichkeit.

Als ich den Stift absetze, spüre ich als erstes wieder dieses ekelhafte Brennen. In meinem Mund klebt ein ab-
gebrannter Stummel, der seine Glut in meinen Rachen
schießt.

»Scheiße!«, fluche ich und reiße mir die Zigaretten-
reste aus dem Mund.

Irgendsoein Kerl, der wohl die ganze Zeit herumstand
und sich jetzt aus seiner Marmorstarre löst, fängt an zu
lachen und zeigt auf den Block.

»Die Poesie fordert ihren Preis, was?«

Es ist ein untersetzter Typ mit Ginsberg-Brille und
Vollbart, den ich noch nie zuvor gesehen habe.

»Ich verdränge immer wieder, dass ich rauche.«

»Sehr nobel. Schreibst du gerne?«

»Manchmal. Sag mal, du heißt nicht zufällig Allen?«

»Du meinst wegen der Brille? Nein, ich bin Matze.«

»Schade. Aber freut mich, Matze.«

»Mich auch, ...?«

»Muck.«

Wir geben uns die Hand. Er steckt mir eine Karte zu, auf der irgendwas von einem Verlag steht.

»Falls du mal öfter Lust darauf hast.«

»Eine Einladung in den Club der toten Dichter?«

Er lacht.

»Wenn du so willst. Ich hatte zusammen mit einem Freund die Idee, einen eigenen Verlag zu gründen.«

»Das klingt spannend! Läuft es denn?«

»Naja, wir sind ziemlich klein, aber ja, ich würde sagen, es läuft sogar gut.«

Bei einem flüchtigen Blick auf die Uhr wird mir klar, dass ich kurz davorstehe, meinen Termin beim Prüfungsamt zu verpassen. Ein bisschen verfluche ich diese Konstellation.

»Ich glaube, du musst los«, sagt Allen Matze, als könne er Gedanken lesen.

»Viel Glück mit deinem Verlag«, sage ich.

»Wenn es dich überkommt, meld dich einfach mal.«

»Klar.«

Ein paar Minuten nach unserer Begegnung geben wir uns zum zweiten Mal die Hand und ich gehe zurück in die Fakultät, als wäre nichts geschehen.

Vielleicht sind es Begegnungen, die Tage zusammenhalten. Aus zerstückelten Fetzen einen sinnvollen Zusammenhang flechten.

Das ansonsten immer-fließende Auf-und-Ab strahlt im Glanz seiner Knotenpunkte.

Und ich gehe zielstrebig in die sechste Etage.

Dorthin, wo es wichtig ist.

Ich gehe wirklich zielstrebig.

Wirklich bestrebt und wirklich sicher.

Bis.
Plötzlich.
Auf einer der Stufen.
Ein Gedanke.
In meinen Kopf schießt.
Ein Gedanke, der seine Flügel spannt, jeden Raum in mir einnimmt und gleichzeitig, als zur Erinnerung ausgedehntes Firmament, über mir schwebt. Vielleicht lösen Begegnungen das aus: Erinnerungen an andere Begegnungen.

Oder sie lösen aus, dass man sie nicht mehr ignorieren kann, denn als ich daran denke, wie unwahrscheinlich dieses Treffen mit Matze war, brechen weitere Facetten der Erinnerung hervor. Einzelbilder setzen sich zusammen und ich sehe zu, wie sie mir ins Gedächtnis strömt. Diese eine, unglaubliche Sache. Ich sehe sie klar und deutlich, nicht einmal angetastet von ihrem einjährigen Schlummer.

Nicht einmal ansatzweise vergessen, trotz so vieler Vorsätze, es zu tun.
Ich laufe nicht mehr, sondern stehe.
Ich sehe keinen Grund, nach oben zu gehen.
Ich habe Wichtigeres zu tun.
Die Weichen meines Schicksals sind mir gleich.
Denn ich denke an *sie*.

"

»Hey, was stehst du denn so am Rand?«
»Ich bin nicht mehr in die Gruppe integriert«, sagte das unbekannte Mädchen mit den braunen Haaren.
»Wollen wir das ändern?«
Muck stand an den Türrahmen gelehnt und hielt zwei Bierflaschen in der Hand.
»Ich weiß nicht, die tummeln sich da jetzt alle so, irgendwie kommen auch immer mehr.«
Sie schauten auf die Meute aus Tanzwütigen, die sich in der Küche ausbreitete. Weil es unglaublich laut war, verstanden sie sich kaum, aber kurz darauf zeigte sie auf die zwei Flaschen.
»Ist die Party so schlecht?«
»Oh, nein. Naja, es geht. Eigentlich ist eine davon für dich.«
»Du wusstest doch gar nicht, dass ich hier stehe.«
»Aber du stehst da. Hier, nimm.«
Sie tranken und er wunderte sich über sie. Darüber, dass sie plötzlich aufgetaucht war und er sie noch nie zuvor gesehen hatte. Darüber, dass sie nicht in das Gewühl zurückdrängte, sondern auf dem Flur stehen blieb, obwohl sie neu war. Denn für gewöhnlich fand man diejenigen, die erst vor kurzem hergezogen waren, oder sonstwie einen Start ins Studentenleben hinter sich hatten, recht schnell unter Kurzen begraben in einer Ecke liegend oder mit dem Kopf über einer Kloschüssel.

»Bist du neu in der Stadt?«

Sie nickte. Irgendwo zerbrach eine Bierflasche und Scherben rieselten im Takt der Bassfontänen.

»Heute erst hergezogen.«

»Und schon hat dich irgendwer auf eine Party gezerrt.«

»Ich muss mich doch eingliedern. Was ist deine Ausrede?«

In diesem Augenblick stürmte ein Typ aus der Küche und fuchtelte wutentbrannt mit seinen Armen durch die Luft.

Fast wie ein Feuerwerk.

»Unfassbar!«, schrie er und wandte sich an Muck.

»Die Alte tanzt mit nem Anderen! Meint die denn, ich seh das nicht?«

Muck versteckte sein Getränk aus Angst vor einer Katastrophe.

»Weiß nicht, was ist denn dabei?«

Zwischenblick auf die Unbekannte, die hinter diesem Schelm zu verschwinden drohte.

»Scheiß auf dich, Alter! Fremd geht die mir!«

Er ließ von Muck ab und stampfte weiter ins Bad, schloss die Tür und betätigte die Spülung.

»Sorry, ich weiß nicht, was das eben war.«

»Greifen dich öfter Leute an?«

»Ach, Quatsch.«

»Und seine Freundin geht ihm gerade fremd?«

»Ja, vielleicht. Aber kein Wunder! Da kann er ihr auch gleich ein Halsband anlegen.«

»Uh, der Herr romantisiert das Vagabundenleben.«

»Du bist doch hier die größte Vagabundin.«

»Gar nicht!«

»Klar.«

Sie lachte.

Legte den Kopf in den Nacken und lachte so ein Halbmondlachen mit geschlossenen Augen, als wäre es nicht wichtig, dass um sie herum noch etwas anderes geschah.

Muck nahm den letzten Schluck von seinem Bier und stellte die Flasche weg. Zögerte kurz und lehnte sich dann nach vorn:

»Hast du Lust, was zu machen?«

»Jetzt?«

»Wann sonst?«

»Ich weiß ja nicht.«

»Ein bisschen Begeisterung bitte, ich verhelfe Ihnen zur Flucht!«

Sie stellte ihre leere Flasche neben seine und zwinkerte, weil er das bemerkte.

Er nickte zur Tür und ging dann langsam in die Richtung.

»Also gut«, gab sie nach. Bemüht, sich nichts anmerken zu lassen.

»Aber führ mich nicht in die nächste komische Kneipe aus!«

Ihr Treibstoff war das Verlangen nach dem Unbekannten, dem großen Unbekannten, das sie gleiten ließ.

Sie wussten, dass ihr Flug jederzeit enden konnte. Jede Welle des Fremden konnte umschlagen in Langeweile, jeder Witz in Empörung und jede Gratwanderung konnte ihr Ende bedeuten.

Doch das Ende kam nicht, stattdessen liefen sie immer weiter. Er zeigte ihr Bochums schönste Ecken, Orte, die ihm etwas bedeuteten. Zeigte ihr Cafés, in denen er manchmal saß, Kneipen, in die sie nicht gingen. Die Überreste eines Buchladens, in dem er mal gearbeitet hatte. An einem kleinen Kino erzählte er ihr von der großen Leidenschaft, die einen überkommt, wenn man dabei ist, etwas unwiderruflich zu verlieren und wie viel es eigentlich ausmacht, dass die Dinge nicht unendlich sind. Eine ganze Zeit lang sei der Bahnhof sein Angelpunkt gewesen und die Wochenenden nur dazu da, auf Festivals und Konzerte zu fahren.

Sie hörte ihm zu und er glaubte zu wissen, dass ihr der Kitsch gefiel, der sich zwischen seine Worte schlich, dass sie es sogar genoss, jemanden gefunden zu haben, den es nicht störte, dass manche Geschichten kitschig waren. Weil es vielleicht gar nicht so sehr darum ging, alles richtig zu machen und immer das richtige Maß an Gefühl gegen das richtige Maß des Ausdrucks abzuwägen.

Sie erzählte, was sie sich von alledem erhoffte, das sie tat.

Dass es die leisen Wünsche waren, die letztlich die gewaltigen Ziele der anderen überdauerten. Dass es wichtig war, sich vor Augen zu halten, wie frei man war und es doch nichts Überwältigenderes gab, als jeden Tag mit dieser Freiheit zu leben. Mit diesem Glück, das sie sich immer irgendwie bewahren wollte.

»Denkst du manchmal darüber nach, älter zu werden und irgendwann zu merken, dass du die ganze Zeit an etwas Falsches geglaubt hast?«, fragte sie später, als er gerade eine Flasche Wein am Nachtschalter einer Tankstelle kaufte.

»Klar.«

Er bezahlte und sie gingen weiter.

»Aber das kann uns nicht passieren.«

»Das sagst du so einfach.«

»Vertrau mir.«

Sie nahm die Flasche, schraubte den Deckel ab, schaute skeptisch.

»Denk mal an den Typen von der Party«, sagte er.

»Der stellt sich ständig vor, wie es sein muss, oder wie sein Leben wird, wenn doch nur dies oder jenes einträte.«

»Du meinst, er lebt im ›Danach‹?«

»Ja! Genau das ist es!«

»Aber das kann uns doch genauso passieren.«

»Hast du Angst davor?«

Sie gab ihm nur den Wein zurück.

»Sag mal, was ist das da?«

Nachdem sie einige Stunden umhergelaufen waren, standen sie nun auf dem Campus.

Er sah zu dem großen Gebäude, auf das sie zeigte und erkannte die Mensa der Uni.

Im Hintergrund schwarze Felder, einzelne Punkte von weit entfernten Laternen.

Um sie herum vergessene Schreibtischlampen in vergessenen Büros, Lichtflecken auf den Gebäudefassaden und angelassene Leuchtreklamen im Mensa-Foyer.

Sie halfen sich dabei, aufs Dach zu klettern und setzten sich an den Rand.

»Ich wusste gar nicht, dass Bochum so schön aussehen kann.«

»Das macht der Wein.«

Sie tranken den Rest und blieben dort sitzen, bis es zu dämmern begann. Erst, als sich der neue Tag mit der Deutlichkeit einer anbrechenden Morgenröte über sie warf und sie das Kribbeln einer durchgemachten Nacht in den Fingern spürten und die leichte Schummrigkeit daran erinnerte, dass sie nicht geschlafen hatten, brachte er sie zur U-Bahn.

»Zwei Minuten, sollten wir noch irgendetwas sagen?«

»Jetzt keine nachgeworfenen Gefühle.«

Die Bahn hielt. Ein langer Streifen aus Neonröhren in einer verblassenden Nacht.

Sie umarmten sich.

»Vielleicht sieht man sich die Tage.«

»Ja, vielleicht. Komm gut nach Hause.«

»Du auch!«

»Werd ich, schlaf gut.«

»Ich heiße übrigens Anna.«

»Muck. Freut mich, Anna.«

»Mach's gut, Muck. Es war sehr schön!«

Er sah ihr zu, wie sie in die Bahn stieg und wusste, dass sich das alles nicht wiederholen würde. Dass er die Dinge nehmen wollte, wie sie kamen, dass es keinen Zweck hatte, irgendetwas anzuhalten. Bald würden sich die Türen schließen und sie aus der Nacht fahren. Anna winkte. Das tat man doch so an Bahnhöfen, man winkte zum Abschied.

Er wusste nicht, ob es die hereinbrechenden Morgenstunden waren oder die leere Flasche Wein, doch er hielt plötzlich die Tür auf.

»Warte! Morgen Abend, hast du was vor?«

»Ja, eigentlich schon, ich...«

»Ach, sag das ab. Ich hab zwei Konzertkarten und du musst auf jeden Fall mitkommen.«

»Okay!«

»Okay?«

»Total gerne! Ich freu mich!«

Dann umarmten sie sich noch einmal.

Einige Stunden nach ihrem ersten Treffen. Vier Tage vor ihrem Verschwinden.

"

»**A**h! Herr Mattis! Setzen Sie sich.«
Noch bevor ich ganz im Zimmer bin, springt er auf.
Euphorie spritzt mir ins Gesicht. Energischer Händedruck. Hier ist man willkommen, hier hat man sich
gern. Ich sitze im Büro des Prüfungsamtes und bin eine
halbe Stunde zu spät. Dabei ist mir schwindelig.
Nach monatelanger Mail-Korrespondenz bin ich hier.
Mit einem Gefühl wie auf einer öffentlichen Toilette.
Krame einige Zettel aus meiner Tasche und lege sie auf
den Tisch. Wahrscheinlich hätte ich den Amaretto
nicht trinken sollen.
Ich muss sehr lustlos aussehen, denn mein Gegenüber
nimmt sich die Zeit, einen flüchtigen, aber doch kriti-
schen Blick vorzunehmen, ehe er frohnaturgemäß fort-
fährt.
»Sie sind hier, weil Sie Ihre Arbeit schreiben wollen.«
Kurz überlege ich, ob ich den falschen Raum erwischt
habe und er jemand ganz anderen erwartet hat, jemand
anderen mit meinem Namen. So etwas kommt schließ-
lich vor.
»Ja, genau.«
Er nimmt lächelnd die Unterlagen zur Hand.
»Das sieht alles sehr gut aus.«
Dann runzelt er die Stirn und wippt abwesend mit dem
Kopf.
»Nur sehen Sie, Ihnen fehlt leider eine Note in diesem
Modul.«

44

Ich schaue auf die Stelle, die sein Finger markiert. Weiß nicht, was ich da sehen soll.

»Das wurde nämlich geändert. Ein fachinterner Beschluss, erst dieses Semester. Es tut mir leid, wenn Sie die entsprechende Information nicht erhalten haben.«

Sehe jetzt den Namen irgendeines Seminars, an das ich mich nicht mehr erinnere.

»Sie sagten mir doch, ich bräuchte nur noch Ihre Unterschrift.«

»So ist es auch, Herr Mattis, nur kann ich sie Ihnen leider nicht geben.«

Ich nehme das Blatt zur Hand und versuche, mich an den Dozenten zu erinnern. Oder an das Thema.

Scheiße, an irgendwas.

»Wenn es erst dieses Semester geändert wurde, vielleicht gibt es da eine Mög...«

»Ich bitte Sie«, er holpert mir dazwischen und sich in eine zurückgelehnte Haltung.

»Für Sie gelten selbstverständlich dieselben Regelungen wie für alle anderen.«

Dann lächelt er, faltet die Hände.

»Das nennt man Fairness.«

Es gibt eine komische Pause in unserem Gesprächsfluss.

Sein Lächeln hängt schief.

»Ich wäre bereit, Ihnen entgegenzukommen und Sie das Seminar wiederholen zu lassen. Bereits im nächsten Sommersemester sollte das möglich sein, spätestens aber im übernächsten.«

»Also frühstens in einem Jahr.«

»Bei Ihrer Arbeitsweise doch sicher kein Problem. Sie haben es bisher ja doch eher, sagen wir mal, lässig gehalten.«

Ich bin ganz sicher im falschen Raum.

Mattis, den Namen gibt es ständig, irgendein Herr Mattis hat leider nach der falschen Studienordnung studiert und muss seinen Abschluss nun an den Nagel hängen. Er hält mich für diesen armen Kerl, den er nach bloßer Laune verarscht, der sich all die Dreistigkeiten anhören muss und ihnen nichts weiter entgegenzubringen hat als die schiere Resignation.

Das kann doch alles überhaupt nicht sein!

»Herr Mattis, Sie können gerne die Studienordnung zur Hand nehmen und nachlesen, dass es sehr wohl sein kann. Und es ist auch kein Grund, ausfallend zu werden.«

Habe wohl laut gedacht. Déjà-vu-Moment mit Beigeschmack.

Was macht der da überhaupt noch mit meinen Zetteln?

Er durchstöbert sie mechanisch, als könnten sie hinter jedem zehnten Blick ein neues Geheimnis offenbaren.

Ich durchstöbere die verbleibenden Möglichkeiten, als hätte ich noch eine Chance:

<u>Wege aus der Ausweglosigkeit</u>

Verhandeln oder betteln
Studium verlängern oder schmeißen
Mord

Mir fällt die Tasse ein, die sich noch immer in meinem Besitz befindet. Sollte das die Gelegenheit sein, sie zu benutzen?

Sie diesem Schelm entgegenzuschleudern und mit ihr eine ganze Generation irregeleiteter Studenten rächen?

»Wissen Sie, ich war mir wirklich sicher, alles zusammenzuhaben«, versuche ich mich an der ersten Möglichkeit.

»Jetzt bin ich ziemlich geschockt, dass es nicht klappen

46

wird.«

Seine Zunge huscht über seine Zähne und an der Oberfläche sieht das aus, als würde ein Sandwurm unter seinen Lippen wohnen.

»Der Abschluss ist Ihnen wichtig?«

Ich nicke mit Bedacht.

»Er ist Ihnen so wichtig, dass Sie acht Semester gebraucht haben, um zu erkennen, wie wichtig er Ihnen ist? Herr Mattis?«

»Wollen Sie jetzt sagen...«

»Sie haben zwei Semester über der Regelstudienzeit einfach mal so verplempert. Und dann kommen Sie noch zu spät?«

»Puh, also so spät...«

»Und ich soll Ihnen jetzt eine Note schenken.«

»Vielleicht nicht gerade...«

»Finden Sie das nicht auch ein bisschen, wie sagt man noch, anmaßend?«

Er verschränkt die Arme und grinst in sich hinein. Grinst mich an, wartet auf den verlorenen Sohn, der mit gebeugtem Haupt zum Vater zurückkehrt. Wahrscheinlich wartet er da schon sein ganzes Leben drauf.

»Es würde ja schon reichen«, sage ich mit einem Rest Beherrschung, »wenn Sie nicht aus lauter Laune die Regeln änderten, nur um es mir so richtig schön zu zeigen.«

Und darauf schaue ich in seine väterlich-lächelnden Züge.

»Die Regeln.«

Er zieht eine Schublade auf und schließt sie wieder. Rückt einen Stapel Blätter zurecht und verrückt sie wieder.

»Spiele haben Regeln. Das hier ist kein Spiel, sondern die Realität. Wir sehen uns in einem Jahr, wenn Sie sich aufraffen können und endlich die Realität akzeptieren.«

Der König des Elfenbeinturms bedeutet mir zu gehen. Da ich einen Moment zögere, fragt er, was es denn noch gebe.

»Ach, nichts weiter. Obwohl, wissen Sie was?«

Er faltet die Hände auf dem Tisch.

»Behalten Sie die Sprüche. Und die Unterschrift, die Sie mir nicht geben wollen. Behalten Sie das alles und schmeißen Sie mich raus, es ist sowieso alles Mist hier!«

Ich nehme die Blätter vom Tisch und stopfe sie in meinen Rucksack.

Irgendwie gefasst und irgendwie aufgelöst. Angestachelt von dieser komischen Wut, die sich ausdrücken will, die zerstören will, die alles nur schlimmer macht.

»Sie kommen mit unvollständigen Unterlagen zu mir ins Büro und geben dem Institut die Schuld an Ihrem Versagen. So hat es immer für Sie funktioniert. Aber hier ist jetzt Schluss, ohne die Note kein Abschluss, das war Ihre Chance.«

Wir stehen uns gegenüber.

Merkwürdigerweise bin ich jetzt völlig ruhig. Als hätte sich eine längst bekannte Wahrheit offenbart.

»Das war keine Chance«, sage ich abwesend, »und es ist sogar ganz offensichtlich ein Spiel.«

Ich sehe ihn an.

Sehe auf das Zittern seiner Nasenflügel, diesen Ausdruck akademischer Entrüstung, die er nicht mehr verstecken kann. Schaue auf seinen Schreibtisch, die feinen Kugelschreiber und Zettelblöcke mit Monogrammen auf den einzelnen Blättern. Ich denke daran, wie passend es ist, dass wir hier im sechsten Stock sitzen, in der obersten Etage, in einem Büro, so weit vom Treiben der Studentenschaft entfernt, dass es überhaupt nicht verwundert, wie entrückt der Mensch da vor mir ist. Vermutlich besteht sein innigster menschlicher

Kontakt darin, das einzige Bild anzustarren, das gerahmt an seiner Wand hängt, das irgendeinen stolzen kleinen Jungen zeigt, der an einer Urkunde festhält wie an einer Nabelschnur.

»Vielleicht überlegen Sie mal, in welche unmöglichen Umstände Sie die Leute bringen und was Sie damit eigentlich anrichten.«

»Also, das ist wirklich überzogen.«

Aber was soll er auch sonst dazu sagen.

Und was soll ich noch dazu sagen.

Ich sage gar nichts mehr.

Stattdessen nicke ich ihm zu.

Dann Tür.

Dann auf.

Dann zu.

Ich hasse Elfenbein, da denke ich an Einhörner und Wunschgedanken, die so kitschig sind, dass sie einem das Herz verkleben und den Blutstrom stoppen.

Tod durch Kitsch.

Tod einer Idee.

Als ich den Gang entlang schlurfe, kommt mir der Geruch der Teppiche und Papiere und Holzlacke so fremd vor, dass ich kurz nicht weiß, wo ich bin.

Ich hätte nicht daran glauben sollen, es zu packen, sondern gleich alles hinwerfen.

Und wenn schon!

Und wenn schon.

Und wenn schon gehen, dann wenigstens sofort.

Ohne ein realistisches Ziel könnte ich nun in die Stadt fahren, den Mittagstrinkern zuschauen oder ihnen helfen, sich ins Elend zu saufen. An den Tresen und Stelltischen ist genug für alle da und Wahlfreiheit ist keine bewusst geschaffene Illusion, um später sagen zu können: selber schuld!

Ich merke, dass diese Gedanken ziemlich bescheuert sind und außerdem, wie meine Füße mich zu den PC-

Räumen tragen, wo meine Finger eine E-Mail tippen, die ein Mausklick an eine Adresse schickt, an die ich mich zu erinnern glaube.

Auf Wiedersehen, Würde.

Einem plötzlichen Anfall folgend, stapfe ich sogar bis zu dem Zimmer dieses vermuteten Professors, bei dem ich vor etlichen Semestern eine Note hätte ergattert haben müssen. Ich klopfe an die Tür und warte darauf, dass etwas geschieht. Es macht niemand auf. Nur ein Raum weiter streckt ein vollgepackter Aushilfssekretär seinen Kopf auf den Flur.

»Weißt du, ob der gerade da ist?«

Der Kopf zieht einen Körper nach und mustert mich ausgiebig, eher er antwortet.

»Anklopfen.«

Großartig!

»Er informiert mich nicht über seinen Tagesablauf.«

Was wäre ich ohne die Hilfe meiner Mitmenschen!

Bei genauem Hinsehen erkenne ich, dass ein anderer Name an dem kleinen Türschildchen klebt, dass es also vermutlich längst zu spät ist und dieser Professor die Universität schon vor Äonen verlassen hat.

Ich weiß nicht, was jetzt zu tun ist.

Werde mir einen Kaffee holen.

Muss dieses Gefühl abschütteln und wie Dreck von mir kriegen. Sicher wird sich dieser Tag noch lohnen. Schließlich kann dieses Mal nichts schief gehen. Doch der trunkene Optimismus, mit dem ich im Morgendunkel aus der Bahn gestiegen bin, verblasste längst gegen einen sich auftuenden Himmel kalt-bleicher Resignation. Als untermale das Wetter jede Fügung des grausamen Schicksals, in dessen Windungen wir eingesperrt umherirren.

Ich untermale meine Stimmung, indem ich mit dem Fuß gegen die Wand trete.

Einmal.

Zweimal.

Verdammter Mist!

Ein drittes Mal und eine Scheiße ist das.

Ein nicht enden wollender, schweigsamer Krieg.

Die Uni steht unberührt. Und von dem albernen Akt bleiben Fußschmerzen und nichts weiter. Es bleibt immer bloß nichts weiter.

Vielleicht bin ich Ahab, der Wahnsinnige.

Vielleicht ein Komapatient.

Auf der Jagd nach dem Ende gleichen Vitrinen gläsernen Urnen und Druckerschwärze ist unser Formaldehyd. Die leiser werdenden Schritte sind auslaufende Herzschrittmacher und das Kratzen von Kugelschreibern über Papier die letzten Hinweise auf den weißen Wal, der mich an der Schlinge meiner eigenen Harpune in die Tiefe reißen wird.

Krieg dich ein, sage ich mir. Hast du denn wirklich etwas anderes erwartet! Hast du wirklich erwartet, du könntest hier hereinspazieren, deine albernen Zettel auf den Tisch legen und mit der Sache abschließen? Du armer Spinner. Du armer Narr wirst für immer hierbleiben, denn die Hölle ist Wiederholung.

Finde dich damit ab.

Finde dich einfach damit ab.

Kann ich nicht.

Hanno sitzt neben Moritz,
und die tragen beide krause Locken und schlabbrige
Streifenpullis.
Sitzen bei mehreren Bieren und diskutieren Filme.
Das machen sie immer so.
»Die Zeit der Glorifizierung ist vorbei«, höre ich, als ich
schon wieder durch die Cafeteria und zu ihrem Tisch
taumle.
»Jetzt wird die Gesellschaft auseinandergenommen
und gezeigt, wie zerrüttet sie ist.«
»Sozialkritik gab's vorher auch schon!«
»Ja, Sozialkritik der Anderen. Aber keine Kritik der
Mittelschicht.«
Als sie mich bemerken: »Muck! Setz dich doch. Wir
waren gerade dabei, über diesen Film zu sprechen, du
weißt schon.«
Ich gestikuliere in Richtung Kasse.
»Ich muss nur kurz. Komm gleich zu euch. Bestimmt.«
»Geh nur«, erlöst mich Moritz aus meinem Dilemma.
»War ja eine ordentliche Feier gestern!«
Sie lachen verständnisvoll und ich bin erleichtert, dass
ich nicht mit ihnen Filmwelten dekonstruieren muss.
Meine Erleichterung trägt mich einen vollen Augen-
blick, ehe ich in der Schlange feststecke und mich einer
anhaut:
»Hey!«
Händedruck über drei Meter und einen Tisch.

Ein paar Leute peinlich bedrängt.

»Hallo.«

»Ich hab gerade ne Freistunde. Sag mal, kennst du noch die eine da?«

Der Typ steht mit der Igelerscheinung auf seinem Kopf lässig herum und krempelt die Ärmel hoch. Dabei baumelt ihm eine silberne Kette vom Hals.

Alle nennen ihn ›Der ewige Hagen‹, weil er immer da ist.

Wie ein Gespenst, das jeden heimsucht.

Das Gespenst der Ruhr-Universität.

»Die kleine Blonde, die bei uns im Seminar war, weißt du noch?«

»Hab sie seitdem nicht mehr gesehen, nein.«

»Hattest du was mit ihr? Die war ja schon ganz nett.«

»Nicht, dass ich wüsste. Du?«

Entweder das alles spielt in einem Film, über den Moritz und Hanno gerade munter diskutieren, oder der ewige Hagen ist real. Ein reales Gespenst. Es ist, als würde er dort lauern, wo ich ihm nicht ausweichen kann. Etwa in der Schlange hier: Ein Verzicht auf ihn bedeutete einen Verzicht auf den Kaffee.

Sicher weiß er, dass dieses Kalkül niemals zu seinem Nachteil entschieden werden kann. Ich bin ein gefundenes Opfer für alle seine Damals-Geschichten. Und die hat er schon damals erzählt, in irgendeinem Seminar, als ein Dozent seine Liebe zu Gruppenarbeiten entdeckte.

»Ich hab letztens erfahren, dass die ein Kind hat! Da gehe ich doch nicht dran, nachher muss ich noch Alimente zahlen. Ha! Ha! Ha!«

Und das ist die Art, wie er lacht. Brutales Partykeller-Lachen.

Die peinlich Bedrängten verlassen den Ort des Geschehens. Der Protagonist wünscht sich den Tod.

»Übrigens, Muck, mein Wochenende! Ich sag dir, das

war so hart!«
Ich schaue ihn an und weiß nicht, was ich denken soll.
Der ewige Hagen mit dem ewigen Wochenende.
Ich habe noch nie erlebt, dass er über etwas anderes
spricht als über irgendein Mädchen oder irgendein
Wochenende.
Jetzt sieht er auf seine weiße Armbanduhr und trom-
melt auf dem Tisch herum.
»Naja, ich muss dann auch mal wieder. Hau rein!«
Noch ein Händedruck und der Spuk ist vorbei.
Ich kaufe mir einen großen Kaffee.
Denke kurz nach und kaufe mir einen zweiten. Auch
groß.
Manchmal muss es eben Luxus sein. Stehe also mit ei-
ner Tasse und einem Becher da und fühle mich annä-
hernd entschädigt. Mal sehen, was meine Freunde zu
dieser Völlerei sagen werden. Es sind schließlich die
Freunde, die einen daran erinnern sollen, die eigenen
Grenzen wahrzunehmen.
Als ich gerade den Becher ansetze, tippt sie mir auf die
Schulter.
Sie hat die Spitzen ihrer Dreadlocks krebsrot gefärbt,
ihre schwarze Stoffjacke ist die schönste der Welt und
ihr Schal stellt die Milchstraße in den Schatten.
Sie grüßt mich mit der Frage des Tages.
»Gehst du auf die Party?«
»Sorry, kann nicht.«
»Oh, das ist schade.«
»Möchtest du einen Kaffee? Hier, hab einen übrig.«
Ich reiche ihr den Becher und sie bedankt sich mit ih-
rem Universum-Lächeln.
»Dafür werde ich mich revanchieren.«
»Nicht weiter wild. Viel Spaß heute Abend!«
»Wirklich schade, dass du nicht kommst. Hast du et-
was anderes vor?«
»Ich muss die Liebe retten.«

Das segnet sie ab und macht sich mit einem Nicken davon. Macht sie immer so. Sie taucht auf und verschwindet. Ein paar Worte dazwischen, eine flüchtige Erscheinung. Manchmal ein Kaffee. Kurz dafür sorgen, dass alles stehen bleibt, um es dann in einem Atemzug wieder in Bewegung zu setzen. Ihr Name ist April und niemand kennt ihren Nachnamen. In ihren grünen Augen funkelt immer ein Stückchen Zukunft, ein bisschen *Große Erwartungen*, wenn sie spricht.

Und sie steht nie länger als ein paar Minuten bei irgendwem.

Nur bei ihrem Freund bleibt sie schon seit Jahren, doch der ist gerade im Ausland und studiert die Einsamkeit der Erde.

Geologie, europaweite Exkursionen, Tränen beim Abschied. Dafür studiert sie so oft es geht die Lebenskraft von Absolut Wodka und tanzt auf den Tischen Richtung Morgen.

Ich denke, den beiden geht es gut.

Als ich einen Schluck nehme, freue ich mich darüber, wie gut dieser Kaffee schmeckt. Vielleicht schmeckt er besonders gut, weil er in jener Tasse schwimmt, die mir in den letzten Stunden zum treuen Freund geworden ist. So gering ist das Maß der Köstlichkeit, das ausreicht, mir den Tag zu versüßen. Auch den beschissensten aller Tage, auch den Tag, an dem ich...

»Hi!«

Ich huste ein paar Lebensjahre in die Tasse. Verdammt heiß, mein Getränk.

»Ich stell mich mal zu dir.«

Bitte, tu das nicht, denke ich, doch sie tut es. Natürlich tut sie es.

»Habe ich heute Morgen nämlich ganz vergessen: alles Gute nachträglich! Heute Abend die Party, du bist dabei oder? Simon und ich werden auch dort sein.«

»Danke. Ne, ich denke nicht.«

»Ist es wegen der Sache mit dem Kaffee? Ich habe dir schon verziehen.«

Lisa macht irgendwelche albernen Lufttrommel-Bewegungen mit den Fingern.

Applaus! Applaus!

Dann, als würde ihre grandiose Performance-Kunst nicht reichen: »Trinken wir mal wieder einen zusammen.«

Ich huste nochmal.

»Weißt du,« sage ich, »vielleicht möchte ich das gar nicht.«

Nehme vorsichtig einen Schluck.

Sie erzählt etwas von wegen, man müsse es doch wohl manchmal krachen lassen und später, wenn man alt ist wolle man doch auch etwas haben, das man seinen Kindern erzählen kann und dafür sei diese Zeit doch da und ich würde das ganz falsch angehen, die Sache mit dem Leben und immer wieder sagt sie meinen Namen, damit ich ihn auch nicht vergesse und das würde ich ja wohl einsehen, dass ich da ganz, ganz falsch lebe.

Und Kauderwelsch ist Kauderwelsch ist Kauderwelsch.

Höre ihr nicht genau zu.

Erst, als sie geht, kehrt meine Geistesgegenwart zurück.

»Dann bleib halt zu Hause!«

Und fort ist sie.

Ich nippe am Kaffee.

Gar nicht im Einklang mit dem Universum.

Wieso habe ich den anderen April geschenkt?

Ist doch bescheuert.

»Muck!«

Hanno winkt mit einer Bierflasche.

»Wir wollen in die Stadt, was essen. Kommst du?«

Ich erinnere den Grund für meinen merkwürdig aufgewühlten Zustand und weiß, dass es besser wird, wenn ich mit ihnen gehe. Es ist besser, als sich abzuschotten, um zu leiden. Was soll dieses Sich-Hängenlassen, das führt ja auch zu nichts. Am Ende ertränkt man sich nur in der eigenen Badewanne. Oder erhängt sich mit einem dreckigen Handtuch am Türknauf, weil man keine Badewanne hat.

»Ich komm gleich nach.«

Er zeigt mir den Daumen, während Moritz versucht, die leeren Flaschen in einem Rutsch zum Pfandautomaten zu bringen. Die wanken ganz schön und ein paar Leute schauen ihm misstrauisch zu.

Aber es gelingt ihm.

Er ist sichtlich beeindruckt.

»Wir halten dir was frei.«

Also gut.

Ich kaufe mir einen dritten Kaffee und bereue gar nichts mehr. Nicht, den zweiten verschenkt zu haben und auch nicht diesen Tag.

Es wird sich schon zum Rechten wenden.

Alles eine Frage der Zeit, eine Frage der Gelassenheit, eine Frage der Perspektive.

Ich drehe mir eine und verlasse dann auch die Fakultät.

Nehme tiefe Züge und schaue zu, wie der Campus hinter einem Vorhang aus Qualm verschwindet.

Als ich am Bahnsteig auf die nächste U-Bahn warte, hängen nur noch vereinzelte Fetzen der Gespräche in meinem Kopf.

Fetzen von Lisa und Simon, Fetzen vom Prüfungsamt.

Lästige Reste wie kalte, stinkende Asche.

Bekomme eine Nachricht von Moritz:

Vorsicht! Ewiger Hagen vor der Bibliothek!

Und ein paar Leute schauen irritiert, weil ich plötzlich zu lachen beginne.

Es fühlt sich gut an.

Wie eine Mischung aus Erleichterung und schwach alkoholisiertem Galgenhumor.

Wird schon, denke ich.

Es fühlt sich gut an.

Als ich an der H&M-Filiale vorbei durch die Innenstadt laufe, sitzt dort tatsächlich eine Gruppe Punks und singt Lieder gegen den Staat. Die tun noch was, denke ich. Doch eigentlich tun sie gar nichts. Vor ihnen liegt ein offenstehender Gitarrenkoffer mit ein paar Cent-Stücken darin. Ich krame durch die geliehenen Bücher in meinem Rucksack und werfe eine Ausgabe von *Gott und der Staat* hinein. Abgabetermin: vor einer Woche. Die können mich mal, ich tue auch was. Ernte dafür das höhnische Grinsen eines jungen Typen mit bunten Haaren und zerfetzten Klamotten. »Hast wohl nicht mal n bisschen was übrig«, spuckt der. Ich zucke mit den Schultern, meine, dass er es mal lesen soll.

Er tritt gegen das Schaufenster und stimmt irgendwas von Schleimkeim an. Auf seinem T-Shirt ein Marx-Zitat.

> *Die Geschichte aller bisherigen Gesellschaft ist die Geschichte von Klassenkämpfen.‹*

Oder so.

Für mich geht es ganz ohne Kampf weiter zur Kortumstraße, weil da meine Freunde warten, um dem Wert des Geldes frönen. Ich laufe über die Straße und höre die jubelnden Fanfaren einer Autohupe, weil es irgendein verbissener Typ mal wieder zu eng sieht. Bedanke mich flüchtig, dass er mein Leben gerettet hat. Schiebe mich dann ins Innere eines Cafés.

Hier ist es klein und gemütlich und zur Einrichtung gehört alter Kram, der woanders wahrscheinlich weggeworfen worden wäre.

Das überhaupt nicht mehr funktionierende Röhrenradio zum Beispiel. Oder die arg mitgenommenen Bilderrahmen, deren Farbe fast vollständig vom Holz geblättert ist. Vermutlich auch die Singer-Songwriter-Combos, die hier hin und wieder auftreten. Vor kurzem haben sie ein Klavier verschenkt, einfach, weil man alle paar Tage für frischen Wind sorgen muss.

Für die Vornehmeren unter uns stehen Tische und Couches bereit, die einwandfrei und aufpoliert sind und auf jedem Tisch eine Blumenvase mit Pflanzen drin, deren Namen ich nicht kenne.

Als ich ankomme, sitzt nur Hanno auf einer kastanienbraunen Ledercouch, während sich ein tiefenentspannter Kellner vom Tisch entfernt.

»Ich dachte, ich warte mal auf dich und habe dir etwas bestellt.«

»Danke«, sage ich und setze mich dazu.

Ich bemerke einen Flyer in seiner Hand: »Zeig mal her.«

»Nathan Gray spielt hier im August«, sagt er.

»Nur er und ein Gitarrist, das wird super.«

»Ich wusste gar nicht, dass du gute Musik hörst.«

Er nickt vielsagend. Wo bei anderen Menschen Verachtung in den Blicken liegt, ist es bei ihm eine sensible, väterliche Betroffenheit, ein Hauch Besorgnis, ein Stückchen ›Bist-du-wirklich-zufrieden-mit-dem-was-du-tust-Gefühl‹.

Er winkt mit dem Flyer:

»Gehen wir zusammen hin?«

»Gern!«

Da taucht der Kellner wieder auf und stellt zwei knall-
bunte Cocktails in zwei knallig verzierten Gläsern auf
einen dunklen, schnörkeligen Holztisch, bei dessen
Anblick mir Gedanken an verwunschene Gärten im Besitz melancholischer Gutsherren in den Kopf kriechen.
Wir stoßen an und irgendwas in Richtung Zitronen-
gras, Eistee, Rum verscheucht die Gutsherren.
Schmeckt gut.

Und mittlerweile beunruhigt mich dieser fortlaufende
Alkoholkonsum nicht mehr. Ich habe meinen Frieden
mit ihm geschlossen und lasse mich einfach treiben.

Sollten sich doch vereinzelte Bedenken äußern, fallen
mir ausreichend Gründe ein, mein Trinkverhalten zu
rechtfertigen.

»Wolltest du nicht eigentlich etwas essen?«, frage ich,
weil mir Hannos leerer Tisch auffällt.

»Und wo ist überhaupt Moritz?«

»Ach, Muck! Wenn du wüsstest, wie schnell sich so etwas ändert. Der muss was erledigen. Mark will aber
vielleicht noch vorbeischauen.«

Er zieht einen Zettel aus seiner Tasche. Schwarz-Weiß-
Druck, Bierpreise.

»Bist du heute Abend dabei?«

»Hab keinen Schimmer.«

»Du musst!«

»Hat er dich etwa eingeladen?«

»Natürlich! Und Anna auch, das wird dich doch sicher
freuen.«

Er sucht in meinen Augen nach Zeichen der ersten
heimlichen Liebe.

»Schließlich wart ihr ziemlich hin und weg.«

Ich ziehe etwas rabiat am Strohhalm und verschlucke
mich an Limettenfruchtfleisch.

»Wir haben uns ein paar Mal gesehen«, huste ich.

»Wie hieß noch deine Ex?«

»Lena. Wieso…«

»Siehst du!«

»Was?«

»Du bist schon zu sowas fähig.«

Zu sowas.

Das tut gerade so gar nichts zur Sache. Und ich weiß nicht, wieso den Leuten so viel an dieser Geschichte liegt. Wieso sie nicht einfach darüber hinwegsehen können. Anna geht heute Abend auf eine Party. Sie war eine ganze Zeit lang verschwunden, ich habe sie davor ein paar Mal gesehen und vielleicht haben wir uns gut verstanden.

»Es ist nur so, ihr saht glücklich aus. Die paar Male, wie du sagst. Ich meine: Erinnerst du dich an das Konzert?«

»Da warst du gar nicht bei.«

Aber natürlich erinnere ich mich daran.

Wir waren zu zweit und das Konzert ausverkauft. Mark und ich. Weil ich sie auch noch dabeihaben wollte, habe ich ihr meine Karte geschenkt und mich reingeschlichen, irgendwie an den Bands vorbei durch den Backstage.

Habe denen einen wirklich notdürftig zusammengebastelten Presseausweis gezeigt und auf ihren Pegel gesetzt.

Mit Erfolg.

Vor der Bühne dann Ekstase und im Anschluss Grillen und Rauchen auf dem Campus der Ruhr-Universität.

Bis zum Morgen völlig versunken, weil niemand schlafen wollte. Keiner von uns wollte jemals wieder schlafen.

»Willst du sagen, das war nur irgendeine Sache?«

»Nein, aber das ist ein Jahr her. Kein Grund, dem nachzuhängen.«

Er schüttelt den Kopf. Dabei fliegen ihm Locken ins Gesicht, dass es ulkig aussieht.

»In einem Film würde man deine Figur mögen.«

»Was soll das jetzt?«

»Ist so. Du bist eben der Renegaten-Typ.«

Meinem konsternierten Blick kaum Beachtung schenkend, schließt er ab:

»Dieses ganze ›Ich bin Muck, lasst mich in Ruhe mit euren Vorstellungen und Gefühlen!‹ Dass du Bedeutung da suchst, wo andere nur die Augen verdrehen und andersrum.«

Ich hinterfrage das nicht. Seine Mine verrät mir, dass er ahnt, was ich denke. Dass ich nicht denke. Dass ich es hinnehme und stillschweigend akzeptiere, was auch immer diese lausige Wahrheit ist, die er verkauft.

Wir stochern in unseren Gläsern herum und ich schaue lieber durchs Café als zurück. Da sitzen einige und wedeln mit den Armen, als hätten sie sich ewig nicht gesehen. Jetzt müssen sie, in einer zur Erlebnisexplosion aufgeblähten Sekunde, alles wiedergeben, was sie erlebt haben. Ich sehe aufleuchtende Augen und Augenaufschläge und bunte Kleider mit strahlenden Gesichtern. Gleich einen Tisch weiter hält sie seine Hand und haucht ein wunschgedankengetränktes »Das musst du mir zeigen!« in seine Ohren. Die beiden trinken Saftschorlen zu ihren Cupcakes und er zieht ganz vorsichtig seine Hand aus ihrem Griff, um ein mitgenommenes Kärtchen aus seiner Tasche hervorzuholen, das er ihr unters Glas klemmt.

Wahrscheinlich Einladung zu Kneipenbesuch mit eingeflochtenem Abendprogramm. Nicht zu aufdringlich, eher beiläufig und darum charmant. Zu seinem Cardigan würde auch gesäuselte Musik passen, bei der die Sänger Worte unendlich oft wiederholen und in die Länge ziehen und nur so dahinschmachten, und zu ihrem Kleid passten Fotos, die mit langer Belichtungszeit geschossen wurden.

Ich löse vorsichtig meinen Blick aus dem Griff dieser

aufkochenden Aufregung, um mich nach Marks Tabak abzusuchen. Finde ihn und er ist leer.

Ich habe das Gefühl, in ein unendlich tiefes Loch zu gleiten. Mein Gegenüber lacht:

»Dass du das aber immer wieder hinkriegst.«

»Wenn ich nur wüsste, wovon du sprichst. Hast du ne Zigarette?«

»Na, die Sache mit der Presse. Hast du nicht auf die Weise auch Mark und dich auf irgendsoein Festival geschleust?«

»Ich habe mal für eine Zeitung gearbeitet, vielleicht sieht man mir das an.«

Er bestellt noch zwei Mojito. Reicht mir seine Schachtel. Nur wenig später stehen zwei neue Gläser auf unserem Tisch.

»Dann kennst du dich doch aus! Schonmal drüber nachgedacht, das wirklich zu machen?«

»Ich als Laufbursche, der sich mit arroganten Bandmitgliedern auseinandersetzen muss? Klingt sehr verlockend.«

Wir stoßen an und mir fällt das Rauchverbot ein, das mir die Zigarette versaut.

»Ich dachte nur, weil du ja das richtige Fach dazu studierst.«

Dann fasst er sich an die Stirn:

»Muck!«

»Ja!«

»Sag doch was!«

Ich weiß nicht, was er meint.

»Wie lief es?«

»Was denn?«

»Was wohl.«

»Ja, was?«

»Na das.«

»Das?«

»Dein Gespräch.«

»Ach, das.«
»Ja! Erzähl!«

Ich habe es erfolgreich von mir geschoben und nehme es gar nicht mehr als reales Ereignis wahr. Wie ein Trauminhalt, den man zu erinnern versucht.
»Steht alles auf der Kippe«, sage ich und blättere die Karte durch. »Wollen wir was bestellen?«
Er ist entsetzt: »Nicht ernsthaft! Du hättest doch nach dem Semester alles fertig.«
»Dachte ich auch.«
»Und was machst du jetzt?«
»Naja, auf der Kippe ist eigentlich untertrieben. Ehrlich gesagt...«
Ich erzähle ihm von dem Gespräch, von der E-Mail und den verbleibenden Möglichkeiten, die keine Möglichkeiten sind. Dabei trinken wir aus und in seinem Blick dieser Bochum-versaut-es-eben-Ausdruck.
Hanno erzählt dann ein wenig verhalten von seiner spontan geplanten Abschlussfeier am Wochenende, weil er heute endlich seine Urkunde bekommen hat.
»Sorry, Alter. Das kann einen echt fertig machen«, sagt er und nimmt einen großen Schluck.
»Aber du bist natürlich eingeladen, falls du trotzdem kommen möchtest.«
Auf sein Leben als Akademiker.
Diplom-Soziologe.
Auslaufender Studiengang mit sämtlichen Vorzügen, die der Bachelor vermissen lässt.
Gratuliere ihm und versichere zu kommen.
Schließlich sei das beste Mittel gegen die Plagen der eigenen Misere das Glück der Mitmenschen.
»Hab gesehen, dass Lisa vorhin bei dir stand«, kaut mein glücklicher Mitmensch.
»Wie versteht ihr euch zurzeit?«
»Gar nicht gut, eher Katastrophe.«

»Also alles beim Alten.«

Ich lache ein bisschen.

»Kann man so sagen.«

»Ist echt bescheuert. Und Simon?«

»Der hasst mich.«

»Wen hasst er nicht.«

»Dich hat er, glaube ich, gemocht.«

Das kränkt ihn.

Noch immer keine Spur von Mark, wir gehen nach draußen, um zu rauchen.

»Das ist doch verrückt, dieses Wetter.«

Er steckt unsere Zigaretten an und begutachtet kritisch die Wolken, die dabei sind, sich aufzuhängen.

»Mhm.«

»Eben schien noch die Sonne, jetzt verdüstert sich hier alles. Geht schon den ganzen Tag so.«

»Ja. Wirklich. Verrückt.«

»Sag mal, wie hält es Mark eigentlich mit dir aus?«

»Du meinst diesen sensiblen, gutmütigen Kerl?«

»Schon kapiert. Ihr zwei seid mir welche.«

Ich nehme einen Zug.

Hanno lacht.

Dabei stößt er Rauchschwaden aus und ich habe Angst, dass er es nicht packt. Glücklicherweise geschieht ihm nichts. Er röchelt nur.

»Schreibst du dir eigentlich immer noch dieses ganze Zeug auf?«

»Manchmal.«

»Hast du nicht auch irgendwann mal über hundert Seiten Bahnfahrtgespräche mitgeschrieben?«

»Puh, das ist aber lange her!«

»Ich mein ja nur, du solltest da irgendwas draus machen.«

»Danke.«

Ich bekomme ein paar Tropfen ab. Hanno stellt sich unter, als hinge sein Leben am Trockenen.

»Jetzt auch noch Regen!«

»Der wird dich sicher umbringen.«

»Gehen wir rein?«

Schaue auf meine Zigarette, die nicht einmal zur Hälfte abgebrannt ist. Er hat seine längst ausgetreten.

»Geh du mal, ich muss ohnehin zurück.«

»Okay, Muck. Du versuchst es weiter?«

»Was sonst?«

»Das wird schon! Bleib einfach dran.«

Er drückt mir noch schnell die Hand und eilt dann rein. Huscht über die Schwelle wie einer, der irgendwo viel zu spät ankommt und sich jetzt unbemerkt dazuschleichen will.

Auf dem Rückweg sehe ich nach jedem Zug, wie Schwaden meiner Lunge unter grauen Wolken verschwinden. Ich lasse mir Zeit mit der Zigarette, denn gerade schmeckt die Luft nach Donner.

Luft, die elektrisch ist.

Da werden meine Nerven zu Klangkörpern irgendwelcher Schwingungen und ich bekomme Lust, die Troposphäre leerzuatmen.

Der Regen bekommt Lust, sich auf meinen Kopf zu werfen. Als würde dieser Tag aufbrechen und sich über uns ergießen. Eine Sintflut, die Bochum mitreißt. Vielleicht wäre das ein gelungenes Ende für diese so würdelose Stadt.

Vor der H&M-Filiale sehe ich eine zerfledderte Ausgabe von *Gott und der Staat* mit einem riesigen Fußabdruck drauf. Die Punks sind verschwunden, die Revolte ist stumm.

Ein längst verstorbener Autor verblasst mit den Worten, die er hinterließ, weil sie niemanden interessieren. Sie werden fortgeschwemmt und sein ganzes, großes Vermächtnis ersäuft langsam im Regen.

"

»Meinst du wirklich, das klappt?«

»Geht schonmal rein, ich komme gleich nach!«

Muck stellte Anna neben Mark in die Schlange und verschwand zum Hintereingang.

Sie hielt die Eintrittskarte in der Hand und schaute ihm ungläubig hinterher.

»Die lassen ihn doch niemals rein.«

»Sieh es positiv: Du hast ne Karte.«

Die beiden schoben sich Stück für Stück zum Eingang. Über einen Hof, der mit Bänken und Bambusdächern übersät war. Ein paar Rocktypen standen da und rauchten, ein Mädchen saß auf der Bank und wuschelte sich fortwährend ihren Pony zurecht, der pink und blau über ihren Augen hing.

»Falls dich das beruhigt«, fuhr Mark fort, »wir können ja nach der ersten Band mal nach ihm sehen und ihm berichten, wie es bisher war.«

»Nicht komisch«, erwiderte sie und hielt die Karte auf einen Punkt zwischen Marks Augen gerichtet wie ein Fadenkreuz. Er sah sie an wie einer, der sich an etwas erinnert fühlt. Oder an jemanden.

»Nein, wirklich. Der macht das schon. Vertrau ihm.«

Das Mädchen mit den bunten Haaren war in einer ganzen Gruppe schwarzer Gestalten untergegangen. Die saßen da jetzt mit Energydrinks und sangen Lieder mit. Ein Türsteher ging hin und nahm ihnen die Getränke ab, weil sie die mitgebracht hatten. Das gab einen kleinen Kampf, an dessen Ende gute zwanzig Dosen in den Mülleimer flogen.

»Ich dachte, die gibt's gar nicht mehr«, meinte Anna und zeigte auf die Gruppe.

»Doch, doch. Sind aber seltener geworden.«

»Die waren schon selten, als ich sechzehn war.«

»Warte, gehörtest du mal dazu?«

Die Schlange drückte sie weiter.

Vor ihnen Ausweiskontrolle eines Pärchens.

Sie kicherte, ihn beschämte es.

Dafür trank er gierig er aus ihrem Tetra Pak-Irgendwas.

»Nein, aber während meiner kurzen, glorreichen Punkerzeit galten sie als Feinde.«

Mark lachte und kassierte dafür den mürrischen Blick eines Türstehers.

»Was?«, fragte Anna.

»Nichts. Du erinnerst mich nur gerade an den Hochstapler am Hintereingang.«

Sie wollte noch etwas sagen, doch da wurden sie schon aufgefordert, ihre Tickets vorzuzeigen. Das lief auch alles ganz reibungslos und wenig später standen sie im Saal.

Am Eingang ein paar Tische voll mit Bandshirts und CDs, Platten, Stickern, Postern und gegenüber die Bar. Vom Boden kaum etwas zu sehen, überall standen welche.

»Wenn er nicht auftaucht, fühle ich mich schlecht.«

»So ein Quatsch«, entgegnete Mark, gewillt, jeden Anflug von Pessimismus zu ersticken. Sie schlängelten sich näher zur Bühne und schauten wütenden Rowdys dabei zu, wie sie noch ein paar Kabel tauschten.

Wie immer war irgendwas kaputt und vor Ausschreitungen schützte lediglich das Publikum.

Sozusagen die Öffentlichkeit.

»Läuft das bei Konzerten in deinem Dorf genauso?«, fragte Mark.

»Ein bisschen ruhiger ist es schon und auch...«

»Was ist los?«

»Schau mal da!« Sie zeigte zur Bühne.

»Das ist doch Muck!«

Mark winkte mit beiden Armen und lotste einen ziemlich breit grinsenden Muck durch die verärgerten Leute auf der Bühne, die gerade dabei waren, Kabel festzukleben und den VIP-Bereich mit dunklen Vorhängen gegen die Augen der Außenstehenden abzuschotten.

»Wie hast du das denn gemacht?«

Muck zeigte über die Schulter und schüttelte den Kopf: »Die sind da hinten alle total voll. Das könnt ihr euch nicht vorstellen.«

»Gut für dich«, sagte Mark und schnappte sich den Presseausweis an Mucks Gürtel.

»Das Ding ist genauso hingeklatscht wie dein Leben.«

Anna grinste und Muck nickte ihr zu: »Wenn es etwas gibt, über das er sich freut, dann das Leiden anderer Leute.«

»Immerhin gibt es in meinem Leben Dinge, die mich freuen.«

Sie lachten kurz.

Als Muck sich neben Anna stellte und darauf wartete, dass es losging, fiel ihm auf, wie sehr ihm das alles gefiel. Die Art, wie sie strahlte, wenn sie lachte. Als wäre sie schon immer ein Teil dieser Gruppe gewesen. Wie sie sich freute und mit ihnen wartete. Er überlegte, ob sie da an etwas Ähnliches dachte, während auf der Bühne weiße und blaue Lichter aufgezogen wurden, die so hell strahlten, dass es sie blendete. Als sie zu ihm sah, kniff er gerade die Augen zusammen und dachte an ihr Treffen am Tag davor. Daran, wie zufällig das war, dass sie jetzt hier standen.

Er überlegte, ob es eine gute Gelegenheit war, sie ken-
nenzulernen, ob es etwas war, das er behalten wollte.
Dann kam die Band und der Saal lebte auf.
Vier Hi-Hat Schläge später das erste Lied.
Mark drückte sich weiter nach vorne in die Menge.
Bald tropfte Schweiß von der Decke und Dampf stieg
von den Scheinwerfern auf.
Nebel, der aussah wie grau-grün-gelb-blau-rote
Rauchwolken. Leuchtsignale im Sturm.
Leuchtsignale, die in Sekundenschnelle ihre Farben
wechselten, die Stimmungen aufgriffen und veränder-
ten.
Menschen sprangen und tanzten. Der Sänger bekam
das Mikro ins Gesicht, Wasserflaschen in die Menge,
nach zwei Tönen die erste Box geschrottet und nach
dem ersten Lied bereits dieses Dröhnen auf den Ohren.
Das man billigend in Kauf nahm, wenn es nur weiter-
ging.
Denn Schäden waren egal. Schäden waren überhaupt
nicht mehr wichtig, hier kreiste alles um Akkorde und
Stimmen, Schlagzeug und Bassschläge.
Um die Geschichten aus dem Leben dieses kaputten
Poeten. Der allen hier so viel näher war, als er glaubte.
Hier stand alles lichterloh und hier veränderte sich al-
les.
Anna und Muck inmitten der Tanzenden.
Er und die Schönheit aus dem jüngsten Gestern. Mit
ihren braunen Haaren und dem Leuchten, das wie ein
Irrlicht durch die Menge huschte. Sie wirbelten und
verloren sich aus den Augen. Trafen sich wieder beim
nächsten Lied.
Gingen unter und gaben Acht, tauchten auf, ab und
sangen, wenn sie die Texte kannten.
Anna kannte die Texte nicht, doch sie liebte, was ge-
schah.
Und Muck wollte daran glauben, an ein Gestern, das

sich lohnte.

Immerhin war gerade alles laut und prasselte um sie herum und Leute rempelten aneinander, fielen hin und halfen sich auf. Arme in die Luft und das Hochgefühl in eine Welt schreien, die in diesem Augenblick nur einen einzigen Takt besaß. Einen einzigen Takt und immer weiter.

Sie applaudierten in der Gebärdensprache aufbegehrender Herzen.

Applaudierten der Band, der Stimmung, der Musik.

Feedback während der Stimmpause.

»Kanntest du die?«

Anna schüttelte den Kopf: »Noch nie gehört.«

»Der Wahnsinn oder?«

»Absolut!«

Im Mittelpunkt die unbekannte Euphorie, wenn er ihren Blick streifte.

Irgendetwas brach auf, verdrängte das Alte und ließ etwas Neues entstehen. Eigentlich verdrängte es alles. Und wenn Muck ehrlich war, machte ihn das nervös.

Er kannte noch keinen Namen für das, was geschah, kannte ihren Namen erst seit gestern.

Doch es war da!

Irgendetwas.

Irgendetwas.

Irgendetwas.

Dann nahm er ihre Hand und glaubte für einen kurzen Augenblick an die Ewigkeit.

Ein Tag nach ihrem ersten Treffen. Drei Tage vor ihrem Verschwinden.

"

Düster und nass und kalt liegt der Tag da.
Er liegt brach unter den Wolken am Himmel. Der Regen klingt wie Donner auf den Dächern, als wolle er sie einreißen.
Seit Stunden sitze ich allein im Seminarraum und lese Gedichte von Helmut Krausser. Einsamer kann es nicht werden, aber ich habe wohl den Moment verpasst, nach Hause zu fahren.
17:50 Uhr.
Am Ende einer Seite höre ich einen Ruck.
Mir gegenüber plötzlich blaue Jeans, schwarzer Pullover, Ring am Zeigefinger. Silberne Halskette, weiße Armbanduhr und Igelerscheinung auf dem Kopf.
Das darf nicht wahr sein! Wieso ausgerechnet hier? Und wieso hält er ein Buch in der Hand?
»Gut, dass ich dich treffe!«, sagt er. Als wäre ich sein selbstverständlicher Gesprächspartner.
»Erklär mir mal, wieso man etwas so ausdrücken muss! Ich habe hier gleich das Seminar und verstehe es einfach nicht.«
Ich sehe ihn nur fragend an, denke, dass er weggehen soll.
Er liest mir irgendetwas von Wittgenstein vor. Ich höre kaum zu. *Gnade des Schicksals* bleibt mir in Erinnerung.
»Was will der Typ damit sagen?«
Der Typ.

Vor mir der ewige Hagen mit seinem grobschlächtigen Post-Abitur-Gesicht.

Ich glaube fest daran, dass etwas verschwindet, wenn man es nur gut genug ignoriert.

Wind schlägt dicke Regentropfen gegen die Scheiben, Blätter werden aufgewirbelt. Draußen ist es dunkel, hier drin sogar düster. Neonröhren verschaffen nämlich gar kein richtiges Licht, sie ermöglichen nur das Sehen und Lesen von Texten. Wenn man dann in einem dieser Räume sitzt und über einen längeren Zeitraum diesem Zwecklicht ausgesetzt wird, muss man aufpassen, dass es einem nicht auch das Gemüt versetzt. Ich blicke auf den Krausser in meinen Händen und will gerade umblättern, als mir ein Klopfen auf die Tischplatte vor Augen führt, dass mein Gegenüber noch immer an seinem Platz sitzt.

»Du bist noch da.«

»Ja. Natürlich, Mann!«

Grinsen.

Findet er lustig, diese lapidar-neckische Unterhaltung. Vielleicht ist es auch gar keine böse Absicht, denn in ein paar Minuten beginnt das einzige Seminar, das um diese Zeit noch angeboten wird, und er braucht womöglich meine Hilfe. Schließlich geht es hier nicht um die eine Blonde oder den heißen Flirt vom Wochenende. Ich improvisiere eine Antwort:

»Du kannst dir einreden, der Mittelpunkt der Welt zu sein, aber du bist es nicht.«

Horoskopgefühl.

Meine Stimme klingt wie der Audiokommentar in einem Stummfilm.

Unpassend. Fremdartig. Ich habe wirklich keine Ahnung, wie viel Unsinn das eigentlich war.

Er starrt in sein Buch.

Mit jedem Zucken seiner Augenlider hellt sich die angeschlagene Miene ein wenig auf.

74

»Jawoll, danke Mann!«, sagt er schließlich und schlägt mit der Faust auf den Tisch. Welch ein Triumph!

Dann zieht er zwei Leckerbissen hervor. Schokoriegel oder so.

Einen davon legt er auf den Tisch.

»Hier, ich spendier einen. Die Arbeit kann ja warten. He! He!«

»Kein Interesse.«

»Keinen Appetit?«

»Du musst dich echt nicht revanchieren.«

Er zuckt mit den Schultern.

»Wie du meinst.«

Regen gegen Beton. 18:00 Uhr.

»Mann, Mann, mir ist letztens was passiert!«

Ich bilde mir ein, Stimmen zu hören.

Oder war das auch der Regen?

»Da treffe ich in der Disco eine Perle und die greift mir direkt an den Schwanz!«

Das war's.

»Hast du gehört, Mann? An meinen Schwanz hat die mir gepackt!«

Ich gebe auf.

Absolutes Scheitern.

Als ich aufstehe, berühren sich unsere Schuhe ganz zärtlich und ich verfluche die letzte halbe Stunde.

Er schüttelt den Kopf und lacht:

»Ha! Ha! Ha!«

Ich warte nicht, bis er unsere Begegnung mit irgendeiner Anekdote aus dem Partykeller abrundet, sondern laufe aus dem Raum.

Ich werfe mich unsanft gegen die Tür und stampfe unsanft über den Flur. Da stehen noch ein paar Menschen herum, die aufs Seminar warten. Sollen sie ruhig sehen, dass ich mit ihnen nicht im Reinen bin. Die Akademiker des Abends. Und wenn sie sich gerade mokieren, dann nur, weil in ihrem Leben alles scheiße ist!

Weil sie immerzu an die Zeilen von Toten denken und niemals daran, dass es da noch etwas anderes geben könnte als Seminare um sechs und Quatschrunden in erlauchten Kreisen voller Clowns und Pechvögel und Idioten.

Und jetzt endlich raus hier!

Als ich diese Flure hinter mir lasse, merkwürdig aufgebracht im schäbigen Licht des Eingangsbereichs ankomme, empfängt mich Regenluft. Regenluft bedeutet Duft von Nässe und in einiger Entfernung aufgeschwemmte Erde, die das Grün der Wiesen in ihrem Matsch ersäuft. Hier ist es spärlich überdacht, spärlich beleuchtet und angenehm kühl. Abgesehen von Fahrradständern und Aschenbechern habe ich keine Begleitung, denn kaum jemand wagt sich ohne Termindruck hinaus. Wenige graue Schatten huschen über Treppenstufen, Lichter erlöschen, ich atme ein und genieße das Gefühl, allein zu sein. Fühlt sich gut an.

Nach den ganzen Stunden kein Gesprächslärm mehr. Keine Leute, keine Fragen, kein Prüfungsamt.

Im Augenblick kann ich mir keinen herrlicheren Ort vorstellen und ich weiß: Es gibt sie doch, die schönen Seiten dieser Universität, die Blindflecken, die man kaum sehen kann.

Ich ziehe eine Schachtel an einem Automaten und stecke mir eine an. Entspann dich, sage ich mir, jetzt ist alles gut.

Blauer Dampf vermischt sich mit dicken Tropfen. Augenlider verwandeln sich in Auffangbecken.

Ich benutze die Kakaotasse als Aschenbecher. Sie ist mir über den Tag ans Herz gewachsen und ich denke, ich werde sie behalten.

Ein paar Züge lang beobachte ich, wie Rauch wabert und ausblendet.

Wabert und ausblendet.

Alles ist gut.

Stehen und rauchen, das ist schon in Ordnung.

Die Party heute Abend, sollte ich da wirklich hingehen? Da ist die Vielzahl der Dinge, die ich stattdessen tun könnte, die Vielzahl der Gründe, es nicht zu tun. Ich weiß, dass ich mich heimlich schon längst dazu entschlossen habe, nicht zu gehen.

Da sich meine Zigarette ihrem Ende zuneigt, mache ich mich auf den Weg zur Bahn.

Nehme noch einen letzten Zug und atme graue Wolken in die überschwemmte Luft.

Auf Wiedersehen, Ruhr-Universität.

Am schönsten strahlst du noch bei Nacht!

Wenn man dir die Jahre nicht ansieht und die Furchen deiner Eitelkeit im Dunkeln liegen.

Und jetzt mach's gut!

»Du bist ja verrückt, einfach so im Regen zu stehen!«

Erschrocken fahre ich herum, weil plötzlich jemand einen Schirm über mich hält. Erstversorgung des Verletzten.

Ich erkenne sie sofort.

Habe sie schon an ihrer Stimme erkannt und muss versuchen, das Gefühl perplexer Überrumpelung zu verdrängen.

Muss versuchen, das sofort einsetzende nervöse Klopfen in meiner Brust loszuwerden.

Eine ganz normale Begegnung an einem ganz normalen Tag.

Es gelingt mir nicht.

»Wie lange bist du schon hier draußen?«

Ein Jahr lang habe ich ihre Stimme nicht gehört.

»Vielleicht ein paar Minuten.«

Etwas in mir wehrt sich sogar dagegen, ruhig zu bleiben.

»Dann hast du meine Nachricht bekommen.«

Erst jetzt erinnere ich mich an die Notiz auf der Rückseite der Einladung.

»Mark ist anscheinend gut darin, Dinge zu übermitteln«, sage ich.

»Du meinst, wie die Nachrichten von dir?«

»Jetzt bist du nachtragend!«

»Ach was, nein! Im Grunde kannten wir uns doch gar nicht.«

Ihr Schirm hilft.

Ich versuche, nicht wieder daran zu denken. Sie ist verreist. Ende der Geschichte. In Marks Briefkasten hat sie einen Zettel mit einer Adresse geworfen und für die beiden begann eine lange Zeit der Brieffreundschaft. Für mich hingegen war es bloß das Ende irgendeiner Sache.

»Ich kann dir überhaupt nicht verübeln, dass du nicht geschrieben hast.«

Der Regen wird stärker und ich weiß, was sie sagen wird. Es ist dasselbe, das mir nicht mehr aus dem Kopf geht, seit ich weiß, dass sie wieder in Deutschland ist.

»Das Einzige, was mich immer beschäftigt hat, war, warum du mir nie etwas hast ausrichten lassen.«

Eine kleine in Regenmäntel gehüllte Gruppe sprudelt aus dem Gebäude und plätschert an uns vorbei. Für einen Moment sehe ich ihr nach.

»Ich war nie derjenige, der Briefe geschrieben oder Nachrichten hinterlassen hat.«

»Hast du geglaubt, ich würde nicht zurückkommen?«

»Ich war mir sogar sicher, dich nie wiederzusehen.«

Wir schweigen.

Das tut gut.

Ich habe geglaubt, sie nicht mehr zu erkennen, sie überhaupt nicht mehr sehen zu wollen, weil die Anna, die ich kennenlernen wollte, verreist ist. Stattdessen verbleiben wir in Schweigen, das guttut, während es um uns herum rauscht.

»Waren wir wirklich Fremde?«, fragt sie schließlich.

»Ich glaube, wir sind es noch immer.«

»Komisch, irgendwie freue ich mich darüber, dass du das sagst.«

Wir riskieren den ersten Blickkontakt seit 374 Tagen. Er ist flüchtig, intensiv, vorüber.

Anna greift in ihre Tasche, zieht eine Packung Kaugummis hervor.

»Auch eins?«

Wir stehen im Dunkeln und kauen auf Holundergeschmack.

»Mark hat mir erzählt, dass du zu der Party heute gehst.«

»Er lügt schonmal.«

Sie lacht.

Ihre Augen sind geschwungene, hauchdünne Linien auf ihrem Gesicht. In der Art, wie sie den Kopf in den Nacken legt versteckt sich etwas Losgelöstes.

»Du musst kommen, ich bin da.«

»Wer soll da sein? Ist echt laut hier.«

Sie fährt mit der Hand über ihren Schirm und spritzt mir ein paar Tropfen Wasser ins Gesicht.

Dann sieht sie mich an.

»Halt mal still.«

Wir stehen im Regen und ich suche ihren Blick, denn das Risiko gehört dazu.

Gehörte es schon immer.

Zum ersten Mal seit einem Jahr gestehe ich mir ein, wie hübsch ich sie finde. Die braunen Haare, die blauen Augen.

Blauer Mantel, braune Schuhe.

Alles am Abend, im Dunkeln, im kaum Beleuchteten. Ich glaube, hinter ihrem Gesicht Tausende von Geschichten zu erkennen.

Sie beginnen mit Aufbruchsstimmungen und berichten von Abschiedsszenen und flüchtigen Bekanntschaften, die sich allesamt gelohnt haben.

Wir treiben aufeinander zu und wehren uns leicht.

Ich wehre mich leicht gegen alles, was ich mir eingestehen muss.

Und mir kommt der merkwürdige Gedanke, wir könnten doch Geschichte schreiben.

Zumindest *eine* Geschichte.

Aber wenn man das tut, beendet man dann nicht auch immer etwas?

Anna schließt die Augen.

Die hauchdünnen Halbmonde.

Ich denke an kitschige Metaphern und an Blickwenden und an ihr Lächeln. Ich sehe auf die schmalen Lippen und schmecke Holunder, von nun an der lieblichste Geschmack, den ich mir vorstellen kann.

Vergesse den Regen und den Krach.

Ich lasse meine Augen zufallen und spüre den vollen Rausch der Aufregung, atme die Ungewissheit ein, die meinen Verstand zerschmettert, die mich überwältigt.

Meine Hand tastet zu ihrem Arm, berührt den nassen Stoff ihres Mantels. Es wird etwas geschehen, denke ich. Vielleicht bedeutet Geschichte schreiben, etwas zu beenden.

Dann höre ich plötzlich dieses Geräusch.

Ein Quietschen, ein Knall!

Zufall oder zufallende Tür?

Schritte vom Eingang der Fakultät, sie kommen auf uns zu.

Als der ewige Hagen auf meine Schulter klopft, zerbricht etwas in mir.

Er zeigt mir den Daumen und hält mir ein Buch hin:

»Das hast du liegen lassen!«, sagt er.

Ich sehe den Gedichtband von Helmut Krausser.

Fasse ihn vorsichtig an, erwarte einen Schock.

»Damit du weißt, dass wenigstens einer hier ein bisschen Anstand hat. Ha! Ha!«

Er zwinkert Anna zu und verschwindet mit seinem beschissenen Lachen wieder im Gebäude.

Die Pappe in meiner Hand weicht auf. Erst als ich begreife, was soeben geschehen ist, sehe ich zu Anna. Sie steht noch immer so nah vor mir und meine Hand liegt noch immer auf ihrem Arm. Noch immer hält sie den Regenschirm über uns und noch immer ist es laut. Doch ihre Augen sind geöffnet und sie wirkt erneut amüsiert, noch immer hier, doch wieder entrückt. Erneut auf eine Art, die etwas Losgelöstes hat. Lachen, weil alles so grotesk ist, Situationen nur so lange sehen, wie sie da sind.

Sie steckt mich damit an.

»Bis nachher auf der Party?«, fragt sie.

»Klar«, sage ich.

Dann umarmen wir uns etwas länger, als es Fremde tun würden.

Wir lassen los und ich stelle mich unter, während sie geht.

»Ach, Muck!«

Sie bleibt kurz stehen.

»Du hast mir gefehlt.«

Für einen Moment geschieht nichts, dann glaube ich zu erkennen, dass sie mein Lächeln erwidert.

»

»Ich würde niemals zugeben, dich zu vermissen«,
sagte Muck.
»Klar.«
Sie saßen auf einer Bank im Landschaftspark Duis-
burg.
Schönster Industrieglanz im Nachmittagslicht.
Anna lehnte sich bei ihm an:
»Wäre ja auch albern, wo wir uns gar nicht kennen.«
Immer, wenn Muck jemanden traf, stellte er sich vor,
wie alles aus der fremden Sicht aussah.
Er fühlte sich den Menschen nah auf diese Art, die
fremde Sätze vervollständigt. Und je mehr er das tat,
desto mehr glaubte er, dass Nähe auch ein Grund für
Entfernung war.
Hier jedoch waren es wilde Vermutungen, die kaum
greifbarer waren als der Staub auf den Stahlflächen
und der Sand auf den Fußwegen und die Vibrationen
der goldenen Luft. Er glaubte, dass ihr der Anblick des
stillgelegten Hochofens gefiel, die Sicht auf Gleise,
über die sich längst ein Platzregen aus grünen Halmen
geworfen hatte.
Wiesenstreifen in der Wüste, Industriekultur als Zeichen der Veränderung.
Sie hatten einen Korb mitgenommen und sogar eine
Decke, auf der sie jetzt all ihren Proviant ausbreiteten.
»Hier, probier mal.«
Sie schob ihm ein Gläschen ihres Aufstrichs zu und er

tunkte ein Stück Brot hinein.

»Schmeckt super. Wo ist der her?«

Sie ließ ihren Blick eine Weile ruhen, erst auf dem Glas ohne Etikett, dann auf ihm.

»Habe ich im teuersten Feinkostladen der Stadt gekauft«, sagte sie.

»Jetzt in Duisburg oder in Bochum?«

Anna stand auf.

»Hey, wo gehst du hin?«

»Schau mir den Hochofen an.«

»Was ist los?«

Doch sie antwortete nicht, sondern war schon auf dem Weg. Muck legte das Stück Brot beiseite und folgte ihr zu dem stählernen Koloss mit seinen Treppen und Scheinwerfern, die bei Nacht blau leuchten würden. Im Augenblick war nur der Himmel blau und ein paar Blätter fegten raschelnd über Kieselsteine.

Als er dort ankam, nahm sie gerade die Stufen und er versuchte, in ihren Bewegungen zu lesen. Versuchte, das Maß des Fehltritts abzumessen an der Art, wie sie einen Fuß vor den anderen setzte, wie sie nach dem Geländer griff oder sich nach dem Weg umschaute. Er verglich den Schwung, mit dem sie sich hinaufzog mit ihren sonstigen Bewegungen, den Klang ihrer Sohlen auf Stahlplanken mit dem Klang seiner ratlosen Worte.

»Ich weiß doch, dass du ihn gemacht hast. Warte doch mal.«

Er schaffte es, sie einzuholen und blieb vor ihr stehen.

»So schlimm?«

»Nein.«

»Tut mir leid.«

»Nein, wirklich. Es ist gar nicht schlimm.«

Sie sah ihn nicht an.

»Verrätst du's mir trotzdem?«

Jetzt hielt sie sich an seiner Jacke fest, als hätte sie

Angst, der Wind könnte ihn packen und von der Plattform reißen, wenn nur die Chancen einmal nicht ganz
auf ihrer Seite waren.

»Wenn ich die Wahl habe, würde ich es lieber nicht
verraten.«

»Okay«, sagte er und zog sie zu sich.

»Ich glaube, etwas existiert erst, wenn man es aus-
spricht.«

Dann standen sie da.

Er hielt sie im Arm und glaubte, irgendetwas zu verstehen.

»Lass uns ganz raufgehen«, sagte er.

»Unser Zeug steht noch unten.«

»Das wird schon keiner klauen.«

Er schob sie vor sich her bis zur nächsten Treppe.

»Du verpasst die Aussicht, wenn du nicht gehst.«

Sie gingen langsam, doch sie gingen.

In der Ferne spannte sich das Ruhrgebiet auf wie eine
riesige Leinwand.

»Das da hinten ist Oberhausen«, er zeigte darauf.

»Die Stadt ist pleite, aber von den Pott-Städten die
schönste.«

»Ich seh den Gasometer.«

»Dann siehst du schon mehr als ich. Eine Treppe
noch.«

»Okay«, begann sie, »bevor wir da hochgehen.«

»Ja?«

»Glaubst du wirklich, es kann sie geben? Anna und
Muck?«

»Hm.«

»Ich meine, ich habe noch nie jemanden getroffen, mit
dem ich so viel erleben konnte wie mit dir.«

»Geht mir auch so.«

»Aber vielleicht denkst du, du solltest doch etwas für
danach aufbewahren.«

Ein unendlicher Moment.

»Das gibt es für uns doch gar nicht«, sagte er dann.
Sie rang mit einer Träne, die nicht fiel.
Sagte nichts.
»Hast du Angst, dass ich dem ganzen doch einen Namen geben will?«
Da nickte sie langsam und schaute auf den Gasometer.
Er zog sie noch einmal zu sich.
»Glaub mir, namenlos gefällt es mir besser.«
»Wirklich?«
»Wozu sonst all die schönen Sachen, die wir machen?«
Und weil sie lächelte, sagte er noch:
»Wir haben gar keine Zeit für danach.«
Jetzt lachte sie, doch er spürte auch, dass sie weinte.
»Ich hab's dir echt ein wenig versaut, oder?«
Sie vergrub den Kopf unter ihrer Kapuze, als sie weitergingen.
»Nein, Quatsch!«
Den Rest der Stufen schwiegen sie.
Erst, als sie oben waren, nahm Anna die Kapuze ab.
»Ich hab eine Idee«, sagte sie.
»Du zeigst mir die Stadt, die pleite ist und ich führ dich in ihr schönstes Café aus?«
»Okay, machen wir. Welches ist ihr schönstes Café?«
»Das finden wir dann heraus.«
Der leichte Bruch, der Licht zu Schimmer macht und Strahlen zu Sonnenflecken.
Der war jetzt da.
Und sie hatte Recht, wovon man sprach, das existierte.
Aber sie hatte auch Unrecht, denn es kümmerte ihn nicht.
Sie waren Eintagsfliegen.
Für immer Lebende, Flackernde, Strahlende.
Sie waren das, was nicht bleiben musste.
Ganz oben, auf der obersten Plattform des Hochofens, spürten sie den Wind und sie spürten die Sonne und sahen den Himmel wie einen Ozean in einer auf den

Kopf gestellten Welt.

»Wollen wir eigentlich heute Nacht schlafen?«, fragte er.

»Auf keinen Fall! Mach jetzt nicht schlapp!«

Sie lachten und er freute sich über ihre Antwort.

Er legte den Arm um sie und sie hielt seine Hand dabei.

Sie hätten es nicht getan, wenn da nicht auch Wind gewesen wäre.

Nicht auch Kälte.

Nicht auch Zittern, das sie genießen konnten.

Zwei Tage nach ihrem ersten Treffen. Zwei vor ihrem Verschwinden.

"

»Bereit?«

»Habe ich denn eine Wahl?«

»Hast du nicht.«

Anna zieht die mit Aufklebern und Plakaten verzierte Eingangstür auf. Quietschen, Knarren, Rauchbomben. Angst vor Komawirkung und augenblicklicher Anstieg des Schalldruckpegels. Wir stechen in See. Frohen Mutes in die weiße Bö. Ich vernehme den typischen Geruch urbaner Gastronomie: eine Mischung aus Bier, Rauch und altem Holz. Da hängen Tourplakate an den Wänden, schwarz-weiße Fliesen im Schachbrettmuster auf dem Boden. Irgendjemand drückt uns Schnapsgläser in die Hand. Der Typ grinst und zeigt uns den Daumen, huscht davon.

»Hat der hier gelauert?«

Sie sieht mich entschuldigend an. Muss wohl Schicksal sein. Wir heben die Gläser und kippen unser Gift runter. Das schmeckt grässlich und fühlt sich an, als würde einem ein brennender Regenwurm den Hals entlangkriechen. Er gleitet ungeschickt am Gaumen vorüber und explodiert im Magen. Der Schluck ist fatal zu großartiger Musik. Wenn mich die spärliche Beleuchtung nicht gerade in die Irre führt, bereut Anna ihn genau so sehr wie ich. Doch beklagen wir uns nicht, es war ein Geschenk!

Gleich neben dem Eingang die Sitzecke, der erlesene Ort, an dem Typen nur mit ordentlich Geld im Gepäck etwas wert sind. Damen nippen an Feinglasrändern, während sie in ihren platt beschrifteten Beuteln nach Identitätsresten suchen und billige Hoffnungen zertreten. Die Chance, bei ihr zu landen.

Jemanden mit nach Hause nehmen, nicht allein einschlafen, nur alleine aufwachen, bis zum nächsten Wochenende schmachten, warten, dann wieder verlieren. Hoffnungen, die schon kalt serviert werden.

Die feinen Herren hier tragen Jeans und graue Cardigans und stumpfe Mienen und Tollen über frisch geschnittenen Undercuts.

Man beklagt sich über die Musik, sie sei zu laut und zu obszön und überhaupt, das ganze alberne Gehabe. Das führe doch zu nichts und heutzutage spiele auch wirklich jeder in irgendeiner Band.

Alles in einem Blick.

Trotzdem ist man hier.

Bedient werden sie gerade von einem Kellner, der athletisch mit dem Tablett umgeht. Sein Kollege am anderen Ende des Ladens bekommt vielleicht das meiste Trinkgeld, er jedoch bekommt die Nummer seiner Traumfrau zugesteckt. Als Dankeschön für die wunderbaren vier Sekunden intensiver Zweisamkeit.

»Weißwein für die Dame.«

Kunstvoll platziert er zuerst den Bierdeckel, dann das Glas.

Die Darbietung scheint ihr zu gefallen.

Also zeigt sie Desinteresse, schaut auf ihre cremefarbene Strumpfhose, ohne eine einzige Kleinigkeit zu versäumen. Ihr entgeht nicht, dass er ihrem Blick gefolgt ist, dass er nach ihm sucht und seine Lockerheit ein wenig ins Wanken gerät.

Vermutlich wird sie später am Abend ihrem Freund erzählen, wie aufdringlich und nervig dieser Kellner gewesen ist.

Zunächst aber schenkt sie ihm einen winzigen Zettel

mit winzigen Ziffern und winzigen Bedenken.

»Da seid ihr ja!«

Marks Stimme als Rettung.

Hinter ihm auf der Tanzfläche rasten sie aus.

Wir umarmen uns und ich zeige auf Anna: »Freu dich nicht zu sehr, sie hat mich gezwungen.«

»Gezwungen? Was machst du nur mit unserem eremitischen Freund?«

«Du weißt doch, wie das ist: Da steht jemand allein im Regen, du willst ihm helfen…«

»Und schleppst ihn mit.«

»Ganz genau!«

»Dann sagt mir doch: Was darf ich euch bringen?«

Sie bestellt für uns Bier und Schnaps und Mark verschwindet.

»Guter Start«, sage ich.

»Ich muss mich doch an den Gedanken gewöhnen, hier zu sein.«

»Verstehe.«

»Seit wann gehst du freiwillig raus?«

Ich sehe mich ausschweifend um.

»Hast du eben freiwillig gesagt?«

Sie sagt etwas, doch pumpender Bass klaut ihrer Stimme den Klang.

Stummfilmsekunde.

Ich sehe Hanno an der Theke, wie er sich festklammert und dann abrutscht. Um ihn herum Glasscherben und Pfützen aus Tequila. Er stemmt sich auf die Beine, winkt uns zu. Ich nicke zurück und sehe hinter ihm Moritz auf der Tanzfläche. Er bewegt sich wie verrückt und von Sinnen und schreit die ganze Zeit die Lieder mit. Schweiß läuft ihm von der Stirn und er sieht aus, als sei dies die beste Nacht seines Lebens.

Wirbelnde Hände, beim nächsten Lied mehr Platz für Stimmen.

»Du bist doch jetzt auch bald fertig, oder?«

»Mein letztes Semester.«

Das klingt mittlerweile so routiniert, dass ich nicht weiß, ob ich es nur erfunden habe. Vor allem, da ja alles auf der Kippe steht.

»Schon irgendwelche Pläne?«

»Naja, St. Pauli vielleicht. Nach dem Studium bin ich weg.«

»Du willst auswandern?«

Leichtes Mehr in ihrer Frage.

Dazu Tanzwut auf dem Schachbrett, Rum-Cola auf B6.

Kellner schlägt Scherben, jubelnde Meute.

Leichtes Mehr in ihrer Frage. Bald nicht mehr relevant.

»Erlaubst du's mir nicht?«

»So ein Quatsch.«

Ich berühre sie am Arm wie einer, der ruhig ist.

»Es dauert ja noch. Bis dahin haben wir uns sowieso wieder aus den Augen verloren.«

Bilde mir ein, sie aufatmen zu hören.

»Ja, das klingt nach uns.«

Ein paar Intervalle Stroboskoplicht.

Wir im Auge des Sturms.

Orkane und sie und ich.

Anna in schwarzem Kleid, mit Wellen in den Haaren.

»Und was sind deine Pläne als wieder Eingebürgerte?«

»Erstmal meinen Abschluss machen.«

Sie lächelt und winkt ab.

Streicht sich eine Strähne aus dem Gesicht.

»Das dauert ja auch noch an die drei Semester.«

Das offensichtliche Ende einer Unterhaltung.

Die Situation ist bloß eine Reihe Wellen auf der Oberfläche eines Sees.

Und ich denke an Wellen, weil ich ihre schön finde.

Genau wie sie, doch die Situation wird einfach aufhören.

Die Unterhaltung einfach verstummt und die Chance verflogen sein.

Egal, ob wir sie nun ergreifen oder nicht. Vielleicht ist es unser See, dennoch wird er still sein.

Ich kenne das Lied, das da gerade läuft und Anna bewegt ihre Lippen zur Melodie.

Sie tanzt.

Ich sehe ihr zu und spüre, wie ich mir wünsche, meine Gedanken beiseitelegen zu können.

Die sich aufdrängenden Horden unverrückbarer Gewissheit mit einem Fingerschnipsen zur leeren Phrase machen zu können.

»Kennst du es?«

»Du meinst das Lied?«

»Ja.«

»Sicher.«

Jetzt ist sie es, die ihre Hand ausstreckt. Mich vorsichtig zu sich zieht. Ich wage noch einmal und spüre den Stoff ihres Kleides unter meinen Fingern.

Sie schüttelt den Kopf.

Ich überlege, ob es einen Ausweg gibt.

Ich muss es wissen, denn mir gefällt das.

Die Musik, das Zittern, die Ahnungslosigkeit.

Das Mehr, das sich über uns gestülpt hat wie eine Glocke aus angeschmolzenem Drumherum.

Wir tanzen.

Alles leicht im Takt der Musik.

Wir bewegen uns leicht, im Takt der Musik.

Ihre Wange streift mein Kinn und ich rieche den Duft ihrer Haare. Diesmal ist es keine Regenluft, sondern Ausweglosigkeit.

Sie riecht nach Nächten, die noch heiß sind vom Tag. In denen man sich auf Balkone setzt.

Ich puste ihr ins Ohr, will zurückweichen, doch sie hält mich fest. Bevor ich etwas unternehmen kann, spüre ich den Hauch ihrer Rache und bekomme eine Gänsehaut. Ihre Lippen streifen über meinen Hals.

Ich fühle mich ertappt, weil mein Herz schlägt.

Eigentlich schlägt es wie verrückt.
Und sie spürt das, da bin ich mir sicher.
Ich versuche noch einmal, zu fliehen.
Streichle sie am Rücken.
Über ihre Wange.
Wir teilen das Nichts, und die Hitze ist mir plötzlich egal.
Und ob etwas beendet wird, ist mir egal.
Ein Jahr ist eine lange Zeit.
Ich habe ziemlich lange nicht mehr an sie gedacht.

374 Tage nach ihrem Verschwinden.

Jetzt ist keine Zeit mehr, nicht an sie zu denken.
Denn alles ist bewegt.
Ist laut und ist gut.
Genau wie der Kuss, der ein paar Sekunden lang mit Renegaten-Leidenschaft auf meinen Lippen brennt.
Ich weiß, dass ich ihn noch spüren werde, wenn all das längst vorbei ist. Eine Flucht, die nicht endet, selbst wenn jede Bank geleert ist. Ich halte sie im Arm und lächle wie Clyde auf dem Foto von 1933.
»Es ist schön«, sagt sie in einen Schwarm verzerrter Akkorde und ich bin bereit, die Welt auszuhebeln.
Ich würde den Kosmos in Brand setzen, um sehen zu können, wie Fackellicht von Planeten in ihrem Gesicht spielt.
Doch schon im nächsten Augenblick ist alles wieder da.
Geräusche kehren zurück an ihren Platz, Kulissen werden langsam wieder sichtbar.
Sogar Statisten tauchen auf und tragen Requisiten oder tanzen im Hintergrund, eine bunte Wolke aus zuckenden Gliedmaßen und durchgeschwitzten T-Shirts.
Schöner Augenblick, schöne Chance.
Wir wippen im Takt, bewegen uns zu irgendeinem Lied.

Ihre Arme liegen noch eine ganze Weile um meinen Hals, denn wir wollen nicht, dass einer loslässt.

Es ist noch immer real.

So real wie das Getümmel an der Theke.

Wie der Kellner, die umstehenden Leute, ihr verwaschenes Hier und Dort.

Es ist so real wie das schummrige Gefühl hinter meinen Augen.

Und es ist wirklich passiert.

»Nicht bewegen«, höre ich dann von der Seite und sehe Mark mit Tablett und seinem Handy in der Hand. Schnäpse und Flaschen wackeln bedrohlich, als er den Rest des Gefühls im Blitzlicht verpuffen lässt.

Das war's.

»Du weißt, dass ich dich dafür töten muss!«

»Keine Ursache, Muck. Es bleibt unter uns.«

Insgeheim amüsiere ich mich.

Ich amüsiere mich und weiß, dass er es weiß und sie es weiß und sie sich amüsiert und er sich amüsiert. Grabe ich noch etwas tiefer, erkenne ich, dass ich mich über das überbelichtete Bild freue. Ich werde es niemals besitzen wollen, aber der Gedanke, dass es existiert, schenkt diesem Abend einen festen Platz.

Ich weiß nicht, ob Anna dasselbe denkt.

Vieles in ihrem Blick spricht dafür, vieles spricht dagegen.

Aber was sind schon Gedanken!

Wir nehmen die Gläser und trinken.

»Auf uns!«

Ich trinke irgendeinen Cocktail und verschlucke mich beinahe am Rohrzucker.

Schmeckt aber gut.

Wir leeren unsere Gläser in einem Zug.

Anna huscht zur Theke.

Der wievielte war das eigentlich?

Mark lehnt sich an eine gekachelte Säule, hält sein Gleichgewicht allein aufgrund des Bieres in seiner Hand.

»Ist doch ganz cool der Laden, findest du nicht?«

»Sag mal, lallst du schon?«

Er zeigt mit dem Finger auf mich und kneift die Augen zusammen.

»Niemals«, sagt er und nimmt fast gleichzeitig einen Schluck aus seinem Moritz-Fiege mit Bügelverschluss. Er trinkt das zwischen Cocktails, Longdrinks und Schnaps, um nicht auszutrocknen.

Fisch-an-Land-Problem.

Mittlerweile alles in surrender Optik: Gegenstände erscheinen minimal, dafür enorm schnell bewegt. Ränder verlieren ihre scharfen Konturen und überhaupt die Eigenschaft als Grenzen. Ist aber alles noch sehr angenehm, leichtes Schwebegefühl, kaum beeinträchtigte Artikulation. Außerdem spielen sie gute Musik. Den ganzen Abend schon Anarchie auf der Tanzfläche.

»Und jetzt gib zu, dass es eine gute Idee war.«

»Das wird sich zeigen.«
»Ich habe den Beweis!«
»Es ist bloß ein Bild.«
»Sagt der Knallkopf mit dem schlagenden Herzen.«
»Ich schlag dir gleich...«
»Und hier ist eure Überraschung!«
Anna verhindert Gewalttat mit Tablett.
Vor meinen Augen hängen Limettenscheiben am Glas-
rand und ein Strohhalm mit Schirm.
Ich höre, wie wir anstoßen.
Mark erzählt irgendwas von seinem Plan, ein Buch zu
schreiben.
Das wird grandios, sagt er.
Es soll zynischen Witz besitzen und sich an Leute rich-
ten, die weltverdrossen sind.
›Eklat‹, der Titel.
Er verspricht, dieses Buch Anna und mir zu widmen
und wir sagen ihm, dass es eine ganz große Idee ist, die
er hat.
Ich frage mich noch nicht einmal, wieso er ausgerech-
net uns ein zynisches Werk über weltverdrossene Men-
schen widmen möchte.
Dafür müsste ich meine Gedanken in die Untiefen seines Verstandes schicken.
In die Untiefen...
Untiefen...
Einen Augenblick, das ist doch ein Antagonym!
Dass ich längst keinen Bezug mehr zu Verhältnissen
habe, beweist die Lache aus Rohrzucker und Limetten-
schalen in meinem Glas.
Zeit, du rennst! Und du bist grausam in deinem Wesen,
dass du uns mitnimmst und nicht zurücklässt in unserem Glück!
»Entschuldigt mich kurz«, sage ich und schwimme mit
leichtem Schwindel durch die Hitze und den Rauch
und die Bewegungen und die Menschen hier. Ich gleite

95

hindurch, lasse mich tragen, genieße und stehe vor der Toilettentür.

Vor dem Damenklo eine lange Schlange, am hinteren Ende April, die mir ein »Da bist du ja doch« zuwinkt.

Ich winke irgendwas zurück

Keine Schlange vor dem Herrenklo.

Diesmal verschwinde ich.

Ein Hinterkopf vor dem Spiegel, der übers Becken gebeugt ist. Ich gehe an ihm vorbei und bemerke eine Regung des restlichen Körpers, sehe aus den Augenwinkeln das Gesicht. Es kommt mir bekannt vor. Nicht wichtig, aber bekannt.

Dann dreht er sich zu mir um und ich weiß nicht, ob das Verwunderung oder Entsetzen ist, was ich sehe. Er jedenfalls sollte gerade beides sehen, denn vor mir steht ein Typ in weißem Poloshirt und irgendwie doof geleckter Frisur.

Ich spritze mir Wasser ins Gesicht.

Er verschwindet nicht.

Wenn ich nur wüsste, woher...

»Auch hier?«, sagt er.

Was macht der hier? Ist die Party nicht viel zu aufregend für ihn?

Aber klar, ich erinnere mich vage an mein Treffen mit Lisa in der Cafeteria. Sie sagte irgendetwas von einer Party.

»Hast du schon ein paar Gäste verscheucht?«

Simons Stimme klingt ätzend.

»Nein, aber ich werde wohl gleich gehen.«

Als ich sehe, wie sein Blick die Arroganz eines Verlierers versprüht, füge ich hinzu: »Lisa wird mich noch treffen.«

»Was hast du gesagt?«

Die viel wichtigere Frage: Wieso habe ich das gesagt?

Ich lache und betrachte mit einiger Genugtuung die steigende Wut hinter seinen Pupillen.

»Hör mit dem albernen Gelächter auf, sonst...«

»Sonst was?«

Er packt mich am Kragen, stinkt nach Bier und verletztem Stolz.

»Ich hätte dir am liebsten gleich in der Uni eine verpasst, Muck!«

»Hast du Angst, ich könnte besser sein als du?«

Sehr viel Bier.

Sehr, sehr viel Bier.

»Lisa hat heute in der Cafeteria etwas erwähnt. Klang nicht so beg...«

Seine Faust trifft mich an der Schläfe.

Geräusche setzen aus, ich taumele und stürze gegen die Tür.

»Ich hab dich gewarnt!«

Drohend schweben seine Hände über meinem Kopf.

Husten, sonst alles in Ordnung.

»Und ich habe ihr gesagt, jeder macht mal Fehler. Da fällst du gar nicht auf.«

Er schlägt erneut zu. Schmerz in der Magengegend.

Ich krümme mich und sinke zu Boden.

»Hast du genug?!«

»Von dir schon. Von ihr? Naja.«

Schnaubend reißt er mich hoch, seine Stimme ist Knurren, das ich nicht mehr verstehe.

Trotz der Schmerzen amüsiert mich sein Zorn, verschafft mir zynische Genugtuung.

Er rast.

Ich triumphiere.

Alle rasten aus.

Eklat.

Ich grinse und erkenne nur noch schemenhaft, wie die Tür aufgeht und zwei Gestalten eintreten, ehe Simons Kopf mein Bewusstsein zerschmettert.

Alles ist schwarz ist schwarz ist schwarz ist schwarz ist schwarz ist schwarz ist schwarz ist schwarz ist schwarz.

Alles schwarz.
Total schwarz.
Alles ist total schwarz.

Scheiße.

Der Vorhang fällt
unter unmenschlichen Schmerzen.
Schrilles Pfeifen in meinen Ohren.
Jetzt hast du es geschafft, denke ich.
Darauf hast du gewartet, auf die Gelegenheit, es zu versauen.
Ich denke das ganz bewusst und vorwurfsvoll, weiß aber nicht, wieso.
Als ich zu mir komme, steht Simon noch da. Die zwei Gestalten reden auf ihn ein, immer wieder sieht sich einer von ihnen nach mir um.
Ich kenne sie nicht.
»Es reicht jetzt!«
»Du siehst doch, dass er genug hat!«
Die Worte klingen dumpf, alles klingt dumpf.
Simon stampft an mir vorbei. Ich frage mich bloß, wer sich am nächsten Morgen an weniger erinnern wird.
»Geht's dir gut?«
Eine Hand vor meinem Gesicht.
»Was für eine Frage. Ehrlich!«
Mühsam komme ich auf die Füße, lehne mich an die Wand.
»War nur nett gemeint, Alter! Wir haben doch gesehen...«
»Hört zu, ich weiß nicht, wer ihr seid. Aber ich gehe stark davon aus, dass ihr nichts dagegen habt, wenn ich nun verschwinde.«

Einer schüttelt sofort den Kopf.

»Wir rufen einen Krankenwagen!«

»Ihr ruft niemanden, vor allem keinen Krankenwagen.«

Vor mir türmendes Unverständnis.

»Wollt ihr mich festhalten?«

Sie unternehmen nichts.

Ich torkele über die Toilettentürschwelle.

Halte mich am Rahmen.

Meine Hand greift Holz. Verschwommene Sicht, Kribbeln und Übelkeit sind gleich auf. Musik und Lichtanlagen treffen mich wie Steinschläge. Kann denn nicht mal jemand diesen Lärm ausschalten? Ihr seht doch, dass hier einer Not leidet!

Not in Folge schweren Körperkontakts. Ich sehe die Simon-Silhouette zusammen mit seiner scheiß Freundin bei Anna und Mark stehen. Dieser Bastard, denke ich. Erst fuchtelt er mit seinen viel zu dünnen Armen. Dann sieht er aus wie einer, der erstarrt ist, hat die Zähne gefletscht und kann die Lippen nicht mehr schließen.

Die Anna-Silhouette fasst sich an den Kopf und neben ihr erscheint Simon noch geringfügiger, winziger.

Furios sieht sie aus, gleichzeitig gefasst. Simon tobt jetzt Richtung Lisa, vermittelt ihr wahrscheinlich gerade, dass er Fremdflirten nicht duldet.

Erst recht nicht mit mir. Erst tobt er, dann geht er.

Wie ein Idiot auf der Flucht vor seinem Charakter.

Lisa kopfschüttelnd hinterher, läuft ihrem Prinzen nach. Ich kann das aber nicht genau erkennen, nicht ihr Gesicht und auch nicht Annas Gesicht, das jetzt plötzlich vor mir steht.

»Scheiße!«

»Geht schon.«

»Nein, du siehst schlimm aus.«

Ich versuche, ihre Augen zu umgehen, irgendwo anders hinzugucken. Klappt natürlich nicht. Sie deutet zum Ausgang.

»Kannst du gehen?«

Ich weiß es nicht. Sie glaubt es nicht. Ich löse meine Hand vom Rahmen, mache die ersten Schritte ohne Stütze. Das läuft gar nicht so schlecht. Dennoch ihr Arm. Warm, nicht zaghaft. Hilfreich. Wirklich: so eine Scheiße. Wo ist überhaupt Mark?

Wir quetschen uns an der Tanzfläche vorbei und ich bemühe mich, zu erkennen, ob irgendwer etwas bemerkt hat. Sieht nicht so aus, also weitergehen. Unbemerkt bleiben.

»Es tut mir leid«, sage ich mehr gehaucht als gesprochen. Ich sage es auch ein bisschen heimlich, weil ich mich ja eigentlich freue, über sein dummes Gesicht und das Ganze, was er jetzt gerade durchmachen muss. Sie hört es nicht.

Wir gehen raus in die Kühle der Luft.

Reiß dich zusammen, sage ich mir.

»Was hat der denn für ein Problem!?«

Ich muss wirklich ein schlimmes Bild abgeben.

»Lisa und ihr Freund«, sage ich.

»Hab dir, glaube ich, nie was von denen erzählt.«

»Ich hoffe, er läuft vor ein Auto. Oh Mann, das tut mir echt leid!«

»Wir haben uns noch nie gut verstanden. Geht schon.«

Versuchter Galgenhumor. Erhole mich langsam.

Anna führt mich zur Straße. Da sind ein paar, die rauchen, die den ohnehin schon schwarzen Himmel noch verdüstern, indem sie ihren Qualm darunter blasen. Dann zwei vom Typ Medienwissenschaften, mit einem vom Typ Fremdsprache. Sie unterhalten sich über die Party und über diese ›unnormal gutaussehende Jura-Studentin‹, der man ihr Fach gar nicht zutrauen würde.

Geschätzt sind sie Anfang zwanzig, die Fremdsprache

ist wahrscheinlich Englisch. Ihre Aussprache ist lallend gehoben und der Chauvinismus widerlich.

»Aber ist doch schön, wenn du weißt, dass deine Alte wenigstens auch was auf dem Kasten hat.«

Wahnsinnig witzig.

Ansonsten nasser Asphalt.

Sehe Hanno rauskommen, der erkennt mich aber nicht, weil er jemanden im Arm hat und damit beschäftigt ist, sie einzulullen.

»Muck!«

Ich sehe mich nach der Stimme um, die meinen Namen ruft, bewege den Kopf nur langsam und vorsichtig. Das fühlt sich an, als hätte jemand einen Karton Nägel darin ausgegossen. Genau zwischen Schädelplatte und Gehirn. Da will man sich eigentlich lieber gar nicht mehr bewegen.

Mark wartet vor einem Taxi.

Er drückt mir einen kleinen Beutel mit Eiswürfeln in die Hand. Ich sehe, wie die beiden Blicke austauschen, irgendwas zwischen Empörung und Wut.

Das ist doch ganz großer Unfug hier! Ich will kein Taxi und Mark soll wieder auf die Party zurück. Und Anna soll den Abend genießen und ich will ihr sagen, dass sie das soll und schaue zu ihr rüber und weiß, dass es Quatsch ist und weiß, dass ich es verbockt habe.

»Du hast mich nicht darum gebeten«, kommt es von Mark, als hätte er meine Gedanken gelesen. Er steigt ein und lässt mir keine Zeit, zu widersprechen.

»Ihr müsst das wirklich nicht machen«, beginne ich, doch Anna rückt nicht ab: »Ich gehe erst, wenn du zu Hause bist.«

Widerwillig nehme ich auf der Rückbank Platz. Links sie, rechts ich. An meiner Stirn der tropfende Beutel. Klassisches Nebeneinander.

Das Anfahren bereitet mir einige Probleme, weil sich der Sicherheitsgurt in meinen Magen bohrt.

Dann geht es besser.

Ich merke es erst gar nicht, aber ich halte ihre Hand.

Sie ist kalt und tut gut und der Zorn ist kaum spürbar.

Das Taxi surrt durch Schwärze, wir schweigen. Aus dem Radio ganz leise Musik der 50er, ein robuster Kerl um die Dreißig am Steuer, mit beachtlichem Reichtum an Arbeiterausstrahlung. Vielleicht Arbeitercharme. Aber warum dann Taxifahrer? Vorbeiziehende Straßenlaternen mahnen mich. ›Da siehst du, was du davon hast!‹

Gelbe Lichter zischen.

Ich kümmere mich nicht um sie.

Lichtstreifen huschen über mein Gesicht und verschwinden.

Huschen und verschwinden.

Ich kümmere mich nicht um sie.

»Ihr seid Studenten«, beginnt plötzlich der Fahrer, seine Stimme ernst und mitgenommen.

»War ich auch mal.«

Weil niemand etwas sagt, redet er einfach weiter:

»Angefangen habe ich, erneuerbare Energie zu studieren. In Steinfurt war das. Ich wusste, dass eine Menge Leute das gleiche machten, also habe ich mich richtig reingehangen. Habe mir eine Forschungsstelle gesucht und da angefangen, Doktorand mit Vierundzwanzig. War einer der beiden Kandidaten für den Nobelpreis.«

Er sieht Mark in die Augen. Der weiß, dass er jetzt einen Unfall verhindern muss und fragt, wie es weiterging.

»Dann habe ich sie kennengelernt. Auf einer Party, so wie heute Abend. Sie war vor kurzem verlassen worden und ich war alleinstehend.«

Jetzt weniger Ernst, dafür mehr Leben in der Stimme.

»Sie hat mir gezeigt, wie man genießt. Es mir erst richtig beigebracht, versteht ihr?«

»Aber Sie wollten nicht?«, fragt Mark.

»Natürlich wollte ich!«

»Weshalb dann so niedergeschlagen?«

»Ich habe mich für sie entschieden. Den Preis vergessen. Nicht, dass es mir darum gegangen wäre, aber noch am Tag der Preisverleihung hat sie sich von mir getrennt. Hat gesagt, sie müsse zurück zu ihrem Mann.«

»Ihr Mann war der Preisträger?«

»Mein einziger Konkurrent, den ich nie als solchen gesehen habe.«

»Er hat sie Ihnen weggenommen.«

»Nein, sie waren nie getrennt.«

Anna hat den Kopf an die Scheibe gelehnt, ich sehe nicht, was sie von der Geschichte hält. Vielleicht zittert sie ein bisschen, vielleicht ist das aber auch nur die Straße.

Ihr Daumen wandert immer wieder über meinen Handrücken, das kann aber auch mechanisch sein. Mark sagt nichts mehr, vielleicht, weil er es für anmaßend hält. Ich glaube, dass da einiges an Mitgefühl in mir sein könnte, aber meine Kopfschmerzen sind schlimmer. Und überhaupt ist das alles so skurril gerade, wer soll da wissen, was er von irgendetwas hält? Was halte ich davon, dass das Leben des Fahrers kaputt ist, an seiner größten Hoffnung zerschellt, wie eine Möwe aus Glas beim Sturzflug ins Meer?

Jetzt sind eben Scherben im Wasser und trotzdem ist es schön.

Nach ein paar Minuten halten wir vor meiner Wohnung. Mark steigt aus und öffnet mir die Tür.

»Wenn was ist, rufst du mich an. Und denk nicht einmal daran, zu bezahlen.«

Ich nehme ihn kaum wahr, ziehe lediglich die Hand aus der Tasche und löse meine Finger vom Portemonnaie.

Hand geben. Umarmung riskieren. Drückt er zu fest, löse ich mich auf.

»Ich schaue morgen vorbei.«

Ungeduldiges Motorenbrummen. Er gleitet ins Fahrzeug.

Höre das Knallen von Türen: einmal, zweimal, dreimal.

Es schallt durch verschlafene Häuserreihen gegen Jalousien und verpufft. Als würde diese nachtbochumer Ruhe jeden Ausreißer einfach aufsaugen.

Reifen quietschen, ich sehe Rücklichter.

Rücklichter, die schrumpfen.

Als das Taxi nur noch ein Paar leuchtender Punkte ist, stehe ich auf der Straße und Anna auf dem Bürgersteig.

Sie steht ausdruckslos neben einer Laterne, neben grauem Stahl. Minuten verstreichen, in denen niemand etwas sagt. Stille ist mir noch nie so unerträglich vorgekommen wie in diesen wenigen Minuten. Es ist, als sei die Nacht selbst dazu gemacht, Zeugin eines Dramas zu werden. Und ich weiß nicht, was ich ihr sagen soll, denn ich fühle mich, als sei alles hin.

Dann löst sie sich von der Laterne und sieht mich an.

»Kann ich noch irgendetwas für dich tun?«

Ich schüttle den Kopf.

»Fühl mich super.«

Zum ersten Mal, seit ich zu der Toilette gegangen bin, sehe ich sie lächeln.

»Du siehst fast wieder aus wie ein Mensch.«

Es ist angeschlagen, aber es ist da.

»Nur die Beule stört ein wenig.«

Ich halte mir die Schläfe und erschrecke, als mich vom Kopf herab ein stechender Schmerz durchfährt. Mittlerweile ist das Eis geschmolzen, der Beutel warm.

»Danke«, sage ich, weil da immer noch irgendwo Witz ist, wenn sie da ist, weil ich dann glauben möchte, dass doch keine Scherben im Wasser sind.

Ich ziehe sie zu mir, nehme sie in den Arm.

»Sieht so aus, als müssten wir warten«, sagt sie.

Finger zupfen an meiner Jacke.

Ihr Atem an meinem Hals.

»Auf den perfekten Abend?«

»Nein, der Abend war perfekt.«

Kurze Stille.

»Ist perfekt.«

Sie pustet mir gegen das Kinn.

»Naja, bis auf diesen Simon.«

Von mir aus können einhundert schillernde Glasmöwen im Meer schwimmen.

»Worauf warten wir dann?«

»Darauf, dass wir uns wiedersehen.«

»Verstehe.«

»Wir werden uns wiedersehen, oder?«

Ihre Stimme zittert plötzlich, ich spüre das unruhige Schlagen unter ihrer Brust.

Ich weiß nicht, was ich empfinde, als ich die Worte aus ihrem Mund höre.

Ich weiß noch nicht einmal, ob ich ihr eine Antwort geben will.

Die Frage ist ja nicht, ob wir uns noch einmal begegnen werden. Natürlich werden wir das, vermutlich sogar sehr bald. Aber würde es so sein wie heute Abend?

Sie würde nicht wieder ein ganzes Jahr lang fort gewesen sein und ich würde nicht wieder ein ganzes Jahr lang nicht auf ihre Nachrichten geantwortet, ihr ein Jahr nicht geschrieben haben.

Ich streichle sie und es fühlt sich noch immer so gut an wie vor ein paar Stunden. Dann schließe ich die Augen und spüre ihren Kuss. Es gibt jetzt keinen Einschnitt in unsere Geschichte, keine flackernden Laternen, die bei näherem Hinsehen dreckig und ausrangiert wirken. Keinen Wind, kein Versäumnis, keinen Asphalt.

»Ganz bestimmt«, sage ich und höre das Echo meiner Stimme.

Bei dem Versuch, das Gefühl einzufangen, während

sich unsere Lippen berühren, wage ich nicht, zu atmen. Ich habe Angst, ich könnte etwas nicht erleben. Das unaufhörliche Klopfen in ihrer Brust oder die Art, wie sie den Abschied hinauszögert, den sie selbst gewünscht hat. Ich weiß nicht, ob wir uns wiedersehen werden. Ich weiß, dass Augenblicke sich niemals wiederholen können und ich genieße die Einmaligkeit, die daraus erwächst.

Die Einmaligkeit, in der Annas Fingerspitzen über meinen Arm streifen.

Wir lassen los, sagen nichts.

Ein Winken und sie dreht sich um.

Ganz banal. Ich sehe zu, wie ihre Silhouette in der Dunkelheit verschwindet. Sie wird ein Teil der Nacht, die Nacht ein Teil der Erinnerung. Genau wie das Taxi, löst sie sich in der Schwärze auf.

»Ganz bestimmt«, wiederhole ich für mich. Vielleicht will ich sichergehen, es gesagt zu haben, vielleicht den Klang der Worte noch einmal hören.

Viel bleibt da nicht zum Festhalten. Nur zu empfinden.

Also fühle ich, und nichts weiter.

Für eine Viertelstunde oder mehr.

Dann Wohnungstür.

Im Kopf noch einmal der Abend. Es dauert nur Sekunden von der ersten bis zur letzten Berührung, von dem Gespräch im Regen über den Punkt, als sie mich auf die Party gezerrt hat, bis zu unserem Abschied.

Leises Klicken. Fester Zug. Tür geschlossen.

Der Schlüssel fällt mir aus der Hand, klirrt und kümmert mich nicht.

Sie ist wieder da, dabei noch immer keine Spur von besseren Tagen.

Nur ein besseres Gefühl und ein zweiter Versuch.

Auf den nächsten Abschied!

Ich lasse die Klinke los.

"

Der Regen sickerte ungemütlich über das Dach der Haltestelle.

Immer wieder Straßenbahnen und dazwischen immer wieder Donnergrollen. Ließen sie aufblicken und lautlos sein, wie Silhouetten der Ruhe in lauten Stürmen.

Es war noch warm, obwohl alles in diesem immerwährenden Regen schwamm.

Sie saßen dort und lehnten aneinander.

Anna las in ein paar Seiten, die Muck ihr gegeben hatte.

Tropfen klopften über ihren Köpfen an die Scheiben.

Er rauchte und redete sich ein, es sei der Nikotinmangel, der ihn zittern ließ. Also nahm er tiefere Züge. Festere Züge. Bis zum ersten Schwindel nahm er Züge, dann ließ er zum ersten Mal die Zigarette sinken.

Seit drei Tagen hatten sie kaum noch geschlafen.

Weil es zu viel gab, was sie machen wollten.

Er musste all diese Worte sagen, die er schon viel zu lange mit sich herumtrug, ohne einen passenden Zuhörer.

Er musste ihr die Städte zeigen, das Ruhrgebiet. Die Kneipen, nach denen man suchen musste, die Ausstellungen, die leicht zu übersehenden. Sie mussten sich Musik zeigen und er musste ihr aus seinen Büchern vorlesen. Sie musste ihm vorlesen.

So verbrachten sie Stunden.

Wenn ihnen plötzlich etwas einfiel, taten sie es und, wenn sie etwas gefunden hatten, zeigten sie es sich.

Seit drei Tagen machten sie das so.

Es schien ihm wie ein einziger Pfeilschuss in den schwarzen Himmel, in die tot geglaubten Ideen von Freiheit und Wildheit, der sie wieder aufleuchten ließ.

In diesem Augenblick waren sie die ausschwingende Sehne, die zur Ruhe kam, um bald wieder gespannt zu werden.

Einen neuen Pfeil abzuschießen, die Luft vibrieren zu lassen.

Nach einer Weile ließ Anna die Blätter sinken.

»Ist doch okay, wenn ich das behalte?«

»Gefällt es dir denn?«

»Ich hab gar nicht gewusst, dass Fernweh so schön klingen kann.«

Ein Flackern in ihrer Stimme ließ ihn aufhorchen, doch ihre Zeit war zu jung, als dass er sich gefragt hätte, was los sei.

»Danke. Es ist für dich, wenn es dir gefällt, dann hab ich's doch geschafft.«

Ein Zögern hinter seinen Lippen ließ sie aufhorchen, doch es war bereits spät am Abend und ihre Zeit zu knapp, um sie zu vergeuden.

Stattdessen legte sie ihren Kopf an seine Schulter.

Dachte an den Film über Bonnie und Clyde, den sie gesehen hatte, und schmunzelte darüber, wie gut ihr dieser Fremde tat. Der Fremde mit den wilden Ideen, der sich lieber auflösen würde, als auch nur eine von ihnen aufzugeben.

Und wenn sie sich auflöste, was würde dann aus ihm?

»Wenn du morgen früh ein bisschen Zeit hast, wollen wir dann frühstücken?«, unterbrach er ihre Gedanken.

»Gerne«, sagte sie und meinte es ernst.

»Schön! Ich mache nämlich das beste Frühstück der Welt. Du wärst schon blöd, das auszuschlagen.«

»Da bin ich gespannt. Ich freu mich!«

Und er kümmerte sich nicht um das leichte Flimmern in ihrem Strahlen, doch es kümmerte ihn.

Es kümmerte ihn, wie letzte Buchseiten einen kümmern, wie letzte Einstellungen von Filmen.

Heute Nacht würden sie schlafen gehen.

Das wusste er.

Mehr wusste er nicht.

Und sie wunderte sich nicht mehr über das leichte Zögern hinter seinen Lippen, doch es verwunderte sie.

Es verwunderte sie auch, wie ein Zögern den Morgen brachte, über den sie zuvor nie gesprochen hatten.

Ihr Gestern würde immer etwas mit ihm zu tun haben.

Das wusste sie.

Mehr wusste sie nicht.

»Meinst du, ich kann heute Nacht schlafen?«, fragte sie.

»Nach den letzten Tagen weiß ich schon gar nicht mehr, wie das geht.«

Er lachte. Zuckte mit den Schultern.

»Bestimmt. Schließlich musst du morgen früh fit sein.«

»Ja, da hast du Recht.«

Sie lachte und hielt kurz inne.

Drei Tage nach ihrem ersten Treffen.

Am nächsten Tag war sie verschwunden.

"

Aufwachen, Weckersturm bekämpfen.

Spüren, wie das Blut durch den Körper schießt, zum Beginn des neuen Tages gefühlte Explosionen, die langsam an der Schädelwand herunterkraxeln.

In einer ruckartigen Bewegung reiße ich die Decke von mir und richte mich auf. Sofort bemerke ich das aufdringliche Stechen hinter meiner Stirn.

Im Dunkeln taste ich den Boden ab, fluche innerlich, bis meine Finger eine offene Schachtel finden.

Feuerzeugschnippen, Zigarettenglut.

Erstmal runterkommen, dann weitersehen.

Einatmen, Gänsehaut.

Guten Morgen, was für eine Nacht!

Und sonst?

Ich sitze am Rand des Bettes und frage mich, wie spät es ist.

Knipse die Nachttischlampe an, die eigentlich ein halber Globus ist, die auf einem Nachttisch steht, der eigentlich eine Überseetruhe ist.

Zweckentfremdet wohnen bedeutet zweckentfremdet leben.

Kein Aschenbecher.

Nur ein Zettel, auf dem mit Kugelschreibertinte literarische Einfälle mentaler Ausfälle festgehalten sind.

Der ist bis zur Unkenntlichkeit vollgeschmiert mit weiteren Einfällen. Dann asche ich eben da drauf.

Je dreckiger der Text, desto authentischer das Werk.

Zweckentfremdung als Lebensstil.

Es muss unglaublich viel Wahrheit in meinen Zeilen stecken, denn innerhalb weniger Sekunden ist von ihnen nichts mehr zu sehen.

Ich reibe mir übers Gesicht. Über die Stirn.

Kribbeln an den Schläfen.

Müdigkeit perlt mir über den Rücken.

Dann Aufstehen, durchs Zimmer wanken.

In die Küche.

Während ich mir die zweite Zigarette anstecke, befülle ich den Wassertank der Kaffeemaschine und suche die Schränke ab. Meine Augen verharren auf einer Schachtel, in der sich eine einzige Filtertüte befindet. Glück gehabt, denke ich und ahne bereits, was ich am nächsten Morgen denken werde.

Immer noch kein Aschenbecher.

Also auf den Teller aschen.

Hier drin ist es schummrig und angenehm still.

Nur brodelndes Wasser und Zigarettenzüge hängen in der Luft. Ab und zu fällt mir auch noch mein unruhig schlagendes Herz auf. Das ist aber nicht weiter bedenklich, schließlich ist es noch sehr früh.

Ich gehe ins Badezimmer.

Schockmoment vor dem Spiegel.

Ich glaube, sogar den Abdruck seiner Stirnfalten auf der kleinen Beule erkennen zu können.

Das ist natürlich Quatsch, scheußlich sieht es dennoch aus. Sonst aber wenige Nachwirkungen. So gut wie gar keine Nachwirkungen. Also Wasser ins Gesicht und klarkommen.

Licht aus und schnell wieder raus hier.

Zurück in die Küche.

Beschließe in einem Moment der Erleuchtung, den Morgen etwas gebührender zu beginnen und schalte Backofen und Röhrenradio ein.

Greife in den Kühlschrank und werfe den gefühlt-gesamten Inhalt auf den Tisch. Der gestrige Abend war schließlich wunderschön und Lethargie schon immer vertane Zeit. Überhaupt möchte ich keine Lethargie mehr. Weder in mir, noch sonst wo. Kurz halte ich meinen besten Freund für einen Poeten.

Meinem beängstigenden Enthusiasmus folgend, lege ich Brötchen in den Ofen, krame eine Tasse, einen Teller und Besteck hervor und schneide eine Tomate in Stücke. Schäle Äpfel zurecht und stampfe Bananen zu Brei. Orangensaft! Blick in den Kühlschrank. Gibt es nicht.

Okay, Kranwasser. Schmeckt auch gut. Schmeckt köstlich!

Das Obst schmeiße ich in den Mixer, die Kopfschmerzen interessieren mich nicht.

Dass mir noch immer übel ist, berührt mich kaum, denn Übelkeit ist nichts weiter als eine Einbildung.

Eine Einbildung derselben Art wie Schmerzen, Unwohlsein, Missmut.

Alles nur vertane Zeit.

Ich nehme einen Zug.

Im Ofen räkeln sich zwei goldene Weizenklumpen unter einer leicht verschwommenen künstlichen Sonne.

Die Zigarette und ihre Glut erinnern mich an ein Irrlicht im Morgenmantel.

Ich lasse mich gerne darauf ein, lasse es flattern.

Flimmern.

Während ich all das tue, bin ich sehr stolz darauf, kein einziges Mal an sie zu denken.

Der Kaffee ist fertig und ich rieche den wohltuenden Dampf.

Jetzt die Brötchen aus dem Ofen und in Hälften schneiden.

Sehen, dass meine Fensterscheibe beschlagen ist.

Dass der Morgen da ist, dass violett-blaue Flecken auf

den Himmel gesprenkelt sind und diese nur vereinzelt sichtbar hinter der Wolkendecke hervorschimmern.

Und in der Luft surrt es wie zu Neujahrstunden, lange nach dem Feuerwerk.

Das haben wir ja wohl verpasst. Aber was macht das schon, ich bin ohnehin mehr der Typ für Wunderkerzen.

An die erinnert man sich noch, wenn der große Knall vorbei ist. Meine Zigarette ist bis zum Filter abgebrannt, also stecke ich mir eine neue an. Alles ist gut, denke ich und setze mich an den Tisch.

Wenig später kotze ich auf den Flur und im Radio spielen sie Bob Dylan.

Als er schellt, ist es längst dunkel.

Mark nickt mir zu und folgt mir in die Küche, wo wir uns an den Tisch setzen und er ein wenig argwöhnisch den Ofen beäugt, den ich wohl angelassen habe.

Außerdem kritisiert sein Blick den mit Asche überhäuften Teller. Die Zigarettenstummel, die in meiner Tasse kleben und die heruntergezogenen Jalousien.

Ich brauche nicht zu fragen, was in ihm vorgeht, da ich es die ganze Zeit über wusste. Die ganze Zeit, seit Simon aus dem Klo gestürmt kam und fuchtelnd auf ihn zugegangen ist. Seit er mich gesehen hat, weiß ich, dass er weiß, was geschehen ist.

Wir sitzen also da und rauchen. Ein bisschen Schweigen zum Einstimmen.

»Weißt du, was dein Problem ist?«, bricht er es plötzlich, während ich gerade an einer kalten Tasse Kaffee nippe.

»Sobald etwas auch nur ansatzweise gut aussieht, setzt du alles daran, es zu zerstören.«

Ich stelle die Tasse ab und nehme einen tiefen Zug. Meine Augen sind unruhig und nichts ist wirklich scharf, doch ich bemühe mich um eine gewisse innere Fassung und antworte: »Es geht sowieso kaputt. Ist nur eine Frage der Ehrlichkeit.«

»Ach ja?«

Er packt mich nicht am Kragen und zieht mich auch

nicht über den Tisch, um den Unverstand aus mir her-
auszuprügeln, aber insgeheim glaube ich, dass es keine
schlechte Idee wäre.

»Was soll denn so ehrlich daran sein, ihr den Abend zu
versauen?«

»Hab ich nicht.«

»Nein, weil sie dir auch noch glaubt!«

Ich spüre das Zucken meiner Augenlider. Noch im
Halbdunkeln dieser verkleideten Küche fühle ich mich
einem viel zu hellen Licht ausgesetzt. Mir wird
schlecht, als ich daran denke, was er gerade gesagt hat,
weil er Recht hat. Und seine Worte schlagen Erdbeben
in den Boden, während wir hier nur sitzen.

Im Epizentrum der Wunden aller Wunden.

Reibe mir die Schläfen und widerstehe der Versu-
chung, mein Gesicht in den Händen zu vergraben.

Mark sitzt mir gegenüber und raucht, unterbricht sich
nur, um auf den Teller zu aschen. Immer noch kein verdammter Aschenbecher in dieser beschissenen Bude.
Langsam platzt mir der Kragen.

Ach was, alles platzt hier und heraus sprudeln wirre
Gedanken aus Restkomabeständen und Vergangen-
heitsbrocken.

Über all dem Wirrwarr dann immer wieder Anna.

Ich glaube, mein Blut pochen zu hören, doch in Wirklichkeit ist sie es, die wie Starkstrom durch meine Nerven brennt.

Das muss mir schon in den Augen stehen, so aufdringlich ist dieser Gedanke.

»Also schön, ich mach dir einen Vorschlag.«

Er steckt sich eine Neue an.

»Was kommt denn jetzt?«

Ich stecke mir vorsichtshalber auch noch eine an.

»Da ich dein Selbstmitleid nicht weiter ertragen kann,
kommst du morgen mit.«

»Super Idee.«

»Hab nicht gesagt, dass mich interessiert, was du davon hältst. Ich hol dich morgen früh ab.«

In Marks Augen lodernde Endgültigkeit. Züngelt und peitscht für einen Moment die ganze Misere aus meinem Kopf. Die ganzen elendigen Vorwürfe und Zweifel sind für einen Augenblick nichts weiter als dumme Ideen während eines unvorsichtigen Augenzwinkerns. Sonst Normalzustand, gerade Paradies. Durch einen besten Freund. Wie kitschig.

»Ist gut«, sage ich und schütte ihm Kaffee ein. Das Besondere immer mit dem Alltäglichen abschließen, sonst Verwirrung.

»Sie bedeutet dir was, oder?«

Ich überlege und kann aus den tausend möglichen Antworten nicht die eine auswählen, die das Ganze auch nur ansatzweise ordentlich beschreibt.

»Ist nicht wichtig«, sage ich, atme Qualm aus und versuche, nicht weiter daran zu denken, wie wichtig sie mir ist.

»Alter, Muck!«

»Was?«

»Weißt du eigentlich, wie viel du dir versaust?«

»Ehrlich gesagt, nein.«

»Du kannst mir das gerne immer wieder erzählen, aber denk einmal ganz nüchtern darüber nach! Das kannst du doch sonst immer so gut.«

Ich hänge in der Luft wie die Kaffeekanne in meiner Hand. Aus meinem Kopf schwappen lose Gedanken, die kalt nicht mehr schmecken. Er verlangt eine Antwort und er verlangt sie rechtschaffen. Er ist die Axt, die das gefrorene Meer zum Bersten bringen will, das, was Kafka die Bücher waren.

»Natürlich tut sie das«, antworte ich ihm und fühle mich gleichsam erleichtert und auf den Boden geschmettert.

»Aber was soll dabei rumkommen?«

»Sag du es mir.«
Um mein Zittern zu verbergen, ziehe ich die Hände unter den Tisch und halte mich an den Hosentaschen fest.

»Der nächste Abschied? Das nächste Jahr? Oder vielleicht eine Irrfahrt durch unser gemeinsames Scheitern, das wir dann nicht einsehen können und immer wieder zu retten versuchen? Es ist schön, wirklich schön, dass du dir Gedanken machst und alles. Vielleicht ist das auch zu was gut und bewirkt irgendwas. Aber eine Illusion, die das Leben hier plötzlich schöner machen soll? Oder die Scheiße hier zu einer Illusion machen, um ihr auch etwas zeigen zu können? Sorry, das funktioniert nicht.«

Ich bewege die eine Hand nur, um seine Schachtel zu nehmen, die andere nur, um nach dem Feuerzeug zu tasten.
Er sieht mich vollkommen unbewegt an.
Ich höre die Zeit verstreichen in der plötzlichen Ruhe dieses Schweigens. Ich höre meine Worte in der Erinnerung, wie sie umherspringen und immer leiser werden.
Immer leiser.
Wie entfernte Platzpatronen.
Das Ratschen des Feuerzeugs.
Eine Flamme zischt und brennt ein Loch in die Luft. Wie die Aushöhlungen der Zuversicht, die sonst alle meine Worte für mich bedeuten.
Dann nickt er.
Langsam.
»Es geht dir nicht gut, oder?«
»Nein, alles hier kotzt mich an.«
Dann schweigen wir. Wir schweigen, sitzen und rauchen. Ab und zu nippe ich an meiner Tasse, ab und zu nimmt Mark einen Schluck. Wir rauchen, als könnten

wir damit etwas aufbrauchen, das mehr als Tabak ist. Als könnten wir damit den Mist anstecken und durch den Raum blasen, Zustände verschwinden lassen, an denen wir nichts mehr ändern können.

»Danke«, sage ich irgendwann und er sieht mich fragend an.

»Dass du es trotzdem versuchst.«

Er zieht. Atmet aus.

»Hast du für mich auch getan.«

»Ach, ich mochte dich noch nicht mal.«

»Ehrlich gesagt: Je länger ich dich kenne, desto mehr glaube ich, du hast mich sehr wohl gemocht. Von Anfang an.«

Jetzt lache ich.

Zum Teil, um nicht antworten zu müssen, zum Teil, weil es guttut, dass er da ist und diese Sachen sagt.

»Also, morgen um neun.«

»Du verrätst mir nicht, wohin?«

»Lieber nicht.«

»Kein Wort über Anna!«

»Nein, versprochen, kein Wort über sie.«

»Okay.«

»Nur das eine noch:«

Er drückt seine letzte Zigarette aus und steht auf.

»Mal angenommen, du hast Recht mit dem ganzen Abschiedszeug. Macht es denn wirklich einen Unterschied?«

»Ich weiß es nicht«, sage ich und bringe ihn zur Tür.

Wir verabschieden uns und ich denke noch darüber nach, als ich später im Bett liege und versuche, zu schlafen.

Anna in Deutschland.

Anna und ich.

Ich schreibe etwas auf einen noch nicht verschmierten Zettel und betrachte eine Weile meine Schrift:

Findest du einen, dann behalt ihn
und zwing ihn, dich zu behalten.
Reiß diesen Baum aus,
mit all seinen Wurzeln.
Vergiss die Erde, vergiss den Regen,
vergiss den Typen, den du kanntest.

Findest du einen, dann beschenk ihn
und zwing ihn, dich zu beschenken.
Mit Rosen und Lilien und allem, was ich hasste.
Mit allem, was du hasstest.

Anders geht es nicht,
denn niemand ist wie wir.
Solange wir laufen,
ist niemand wie wir.

Unleserliche Worte, die im Halbdunkeln ineinander zu verschwimmen scheinen.
Die merkwürdigen Empfindungen von Bedeutung betrachte ich mit zitternden Lidern.
Zitternde Lider sind immer der Müdigkeit geschuldet.
Oder?
Ich falte es zusammen.
Zünde es an und sehe zu, wie das Papier verglüht.
Wie sich einzelne Streifen lösen und kringeln.
Die Fasern schwarz und zu Asche werden.
Macht es denn wirklich einen Unterschied?
Ich weiß es nicht.

Ich weiß es nicht!

Ich weiß es nicht!

Ich weiß es nicht!

II

Zweite Strophen sind die schwersten

›Sehr geehrter Herr Mattis,
das von Ihnen angesprochene Modul belegten Sie im
Sommersemester 2009. Eine viel zu große Zeitspanne,
um noch eine Note nachzutragen.
Tut mir leid.
Richten Sie sich bitte kommenden Donnerstag an Ihren Fachbeauftragten. Vielleicht können Sie gemeinsam eine Lösung finden.

Grüße,
Mieses Schwein‹

Ich rufe Mark an und erzähle ihm, dass alles hin ist.

Die größte Sehnsucht
kommt nicht mit dem Verlust.
So ein Schwachsinn! Die größte Sehnsucht kommt am
Anfang, wenn du merkst, dass es bald losgeht, wenn
du dich darauf einstellen willst, dass es bald so richtig
losgeht und du es nicht hinbekommst, weil du dich
verrenkst und Angst hast, es könnte auch einfach ver-
siegen. Weil nämlich alles einfach versiegt. Und darin
liegt die größte Sehnsucht, in dem Mehr, das Angst
hat zu verschwinden.

Wir fahren über die Autobahn.
Mark lenkt seinen Ascona durch einen wolkenlosen
Morgen. Einer von diesen blassen Himmeln in der
Farbe von Eisbonbons, mit angedeutetem Wind und
schlaftrunkenen Sonnenflecken überall.
Ich sitze auf dem Beifahrer und krame in der CD-
Sammlung auf meinem Schoß herum, weil ich verhin-
dern möchte, dass er die musikalische Gestaltung un-
serer Reise übernimmt.
Mark hasst meinen Musikgeschmack.
Ich hasse seinen.
Wenige Ausnahmen, auf die wir uns einigen können,
suche ich gerade in einem Berg aus krakelig beschrie-
benen CDs, während zur Untermalung der Fahrtwind
bläst.

Vielleicht wäre die Schrift besser zu lesen, wenn der Motor nicht ohne Unterbrechung polterte und Eruptionen seines Untergangs durch die Karosserie schickte. Aber natürlich ist die treibende Kraft unserer Reise gar nicht der Motor vom Baujahr 1978, kein mechanischer Prozess oder die plumpe Umwandlung von Energie, sondern ganz allein Marks Heldenherz, das die Idee hatte, einer seiner großen Lieben von anderswo nachzueifern. Es galt ihm, neue Welten zu entdecken und da wurde nicht lang gefackelt, auch den besten Freund als Wegzehrung einzuspannen.

Wirklich, ich fühle mich geehrt.

»Wie heißt sie eigentlich?«, frage ich, um Zeit zu gewinnen.

»Wenn ich dir das sage, fallen dir sicher etliche Gründe ein, sofort umzudrehen.«

»Aber du weißt, wie sie heißt?«

Er wühlt jetzt auch in dem Haufen herum.

»Sarah wär doch was.«

»Lass mich raten: Sie studiert Englisch auf Lehramt und lässt ihren Namen immer schön amerikanisch aussprechen.«

»Sarah Jaffe. Sängerin. Weißt du noch? Du wolltest Musik anmachen, weil dir mein Geschmack zu scheußlich ist.«

Er fischt das Album heraus.

Gitarre und Stimme. Alles ganz ruhig und ganz schön. Dann Schlagzeug. Leise, dezent zur Strophe.

Ich frage mich, was aus mir wird, wenn wir ankommen. Vielleicht muss ich den Wagen stehlen. Den hat er schon, seit ich ihn kenne. Wollte nie verraten, wo er ihn aufgetrieben hat. Scheint ein riesiges Geheimnis zu sein, womöglich die Beute eines Raubüberfalls auf den armen Nachtwächter eines mittlerweile bankrotten Autohändlers.

Eigentlich muss ich das auch gar nicht wissen. Mir

würde es reichen, zu erfahren, wo wir hinfahren.

»Judith«, sagt er plötzlich und versaut damit den Refrain.

»Dreh sofort um!«

Er lacht.

»Dann eben Julia.«

»Noch viel schlimmer.«

Er hat schon einmal von einer Judith erzählt, von einem Mädchen, das er in Hamburg kennengelernt hat, das ihn anscheinend nicht mehr loslässt.

»Konzert?«

Er nickt.

»Blond? Braune Augen? Du Klischee!«

Ich werde auf dem Sitz hin und her geschleudert, weil er das Lenkrad verzieht. CDs fliegen auf den Boden, Underground-Post-Punk-Bands fallen auf Hamburger Schule.

»Schnauze.«

Er zeigt aufs Handschuhfach: »Gib dir lieber einen Sinn und fisch die Schachtel da raus.«

An seinen Händen klebt mein Leben wie unachtsam verschmierte Marmelade, also beuge ich mich ihm.

»Hast du dir eigentlich überlegt, wie du an den Schein kommen willst?«

»Ich spiele mit dem Gedanken, sein Büro anzuzünden. Da müsste ich aber erstmal alle Unschuldigen evakuieren.«

»Keine schlechte Idee.«

»Wo wir bei Ideen sind...«

Ich stecke zwei Zigaretten an, reiche ihm eine.

»Was mache ich, während du die Liebe deines Lebens verführst?«

Er schaut ahnungslos auf die Straße. Nimmt ein paar Züge, ignoriert mich gekonnt, um dann lässig einzusteigen.

»Du könntest den Wagen nehmen.«

»Gut.«

Ein fairer Tausch gegen meine Zeit.

»Allerdings musst du kurz mit hochkommen.«

»Du verscheißerst mich.«

»Auch, wenn ich dir gerne die Grundlagen menschlichen Miteinanders näherbringen würde, begnüge dich bitte mit folgender Antwort: Nein, tue ich nicht.«

»Was hast du ihr erzählt?«

»Nur, dass ich dich begleite, weil du sowieso in die Stadt wolltest.«

»Vollkommen einleuchtend.«

»Mal eben für sie zu fahren, nachdem wir uns Jahre nicht und überhaupt erst einmal gesehen haben, wirkt doch total übertrieben.«

Der große Philosoph hat gesprochen.

»Und ich werde es ganz sicher nicht versauen.«

»Komm schon, du kriegst das Auto. Wenn du was zu tun hast, fahr damit nach Bochum oder wohin du willst. Ich komme irgendwann mit der Bahn zurück.«

»Ich fahre morgen damit zur Brandstiftung, während du lichterloh in ihren Armen liegst.«

»Sehr witzig.«

Wieder ein Ruck durch den Karren. Es würde mich nicht wundern, wenn sich all seine fleißigen Überlegungen in wenigen Augenblicken erübrigten, weil wir den Rest des Tages auf dem Seitenstreifen verbringen. Das wäre auch nicht mehr als eine gerechte Strafe, denn wir sind Scharlatane und schlechte Menschen.

»Aber ernsthaft: Abgesehen von Brandstiftung, wie stehen die Chancen?«

»Du kennst das doch, es gibt keine Chancen.«

Grauer Nebel über der Polstergarnitur.

»Immerhin hast du den Termin morgen.«

»Den werde ich verpassen.«

Wir schweigen zu Frau Jaffes letzten Takten.

Sie würde lieber Clementine heißen und ich würde lieber Bochum seinlassen. Einen Neustart gibt es nicht, das ist nur romantisch-verklärte Illusion, aber ich könnte versuchen, es woanders besser zu machen.
Oder zumindest, es wieder hinzubiegen.
»Wieso buche ich nicht zwei Plätze in einem Zug?«
Er lacht, weil das die einzig richtige Antwort ist. Doch ich schäme mich nicht für die Frage, denn sie war ehrlich und ernst.
»Und du stellst dir das so vor, dass wir irgendwo, sagen wir in Hamburg, wohnen und dann alles besser ist.«
»In St. Pauli vielleicht.«
»Arbeit? Geld? Wohnung? Schonmal dran gedacht?«
Wir schmeißen unsere Zigaretten aus dem Fenster und stecken uns zwei neue an. Statt Sauerstoff nur Qualm und wirre Ideen.
»Zwei Bekannte lösen ihre WG auf. Die muss ich nur anrufen. Außerdem verschwendest du dich hier genauso wie ich. Schonmal daran gedacht?«
Mark grübelt.
Vor uns ein Twingo mit aufgemalten Augenbrauen über den Rücklichtern.
Den muss er jetzt überholen, sonst Gedankensperre.
»Und erzähl mir nicht, du hättest hier groß etwas aufzugeben.«
Der letzte Grund eines festen Wohnsitzes liegt für ihn mehrere Jahre zurück. Seit seiner missglückten Beziehung fuchtelt er in zeitweisen Affären herum, ohne selbst noch an die Liaison zu glauben. Sein Studium kann er sonstwo fortführen. Und neue Jobs findet man überall.
»Also«, beginnt er, nachdem er den Twingo einige Zeit im Rückspiegel beobachtet und sich die Hälfte der Zigarette in seinem Mund in Glut verwandelt hat.
»Nur, um das mal kurz auf den Punkt zu bringen: Ortswechsel mit möglichem Studienabbruch, eventuellem

Bankrott, bestehender Gefahr akuter Obdachlosigkeit und etlichen Nebenerscheinungen, die mir im Augenblick nicht einfallen, weil es eigentlich noch zu früh zum Nachdenken ist. Dafür die Aussicht auf ein schöneres Leben?«

»Bei dem letzten wäre ich vorsichtig.«

»Verlockend, deine Mattis-Vision der Zukunft!«

Im Grunde kann ich nicht mehr tun, als ihm Recht zu geben. Aber hier geht es nicht um Recht, hier geht es um viel mehr als das.

»Wieso überhaupt Hamburg?«

»Weil es Hamburg ist. Die besten Leute haben da ihre Zeit verbracht.«

»Aha!«

Und die besten Entscheidungen trifft man hart auf leeren Magen, weil sie nur der Gipfel einer endlosen Reihe von Überlegungen und Vorbereitungen sind. Sie treffen einen kalt, weil man sie selbst nicht fassen kann.

»Gib zu, dass sie dich reizt!«

»Beweis mir erstmal, dass du noch bei Verstand bist.«

»Ich kann aus meiner Kindheit erzählen. Oder soll ich dir etwas vorrechnen? Glaub mir: alles intakt.«

Vielleicht würde sich Judith freuen, wenn sie unsere Unterhaltung hörte. Schließlich bringt sie ihren Prinzen näher an sie heran. Das heißt...

»Wohnt Judith nicht in Hamburg?«

»In Dinslaken.«

»Scheiße, tu mir das nicht an.«

»Ich weiß, dass du es dort nicht magst. Obwohl: Wo magst du es überhaupt?«

»Meine einzige lebhafte Erinnerung an die Stadt ist eine Party in irgendsoeiner Absteige, auf der nach zwei Stunden niemand mehr stehen konnte und sich alle geprügelt haben.«

»Ich konnte noch stehen!«

Er nimmt sich die nächste Zigarette und ist so zuvorkommend, mir eine abzugeben.

»Du zählst nicht. Du warst verliebt. Wie immer.«

Wenn sie in Dinslaken wohnt, schaffen wir es mit diesem Wagen in einer Stunde. Und neben der Frage nach unserer Zukunft, um die es unermüdlich und rückhaltlos zu kämpfen gilt, brauchen wir ein Alibi. Was für ein kitschiges Schicksal.

Ich huste, weil neben Kitsch nur Rauch zum Atmen da ist. Mark prüft meine Vitalzeichen, zögert vor der nächsten Zigarette.

»Wir müssen das lassen«, röchle ich, »sonst gehen wir drauf.«

»Schön, dich zu sehen!«

»Toll, dass es geklappt hat.«

»Hi, ich bin Muck, der Chauffeur.«

»Judith, die Gutsherrin.«

Gefällt mir, wie sie das sagt.

Sie kichert jetzt und kneift die Augen zusammen. Die braunen Augen, ihr Zopf wippt dabei.

Wir sehen uns an und ich weiß, Mark wird heute sterben. Denn Judith ist umwerfend.

»Kommt erstmal rein, ich habe etwas vorbereitet.«

Das ist mein Stichwort, denke ich und lasse Mark den Vortritt.

Er nickt mich aber hinterher, sie habe ja schließlich uns beide gemeint.

Jetzt wird es brenzlig, denn während der gesamten Fahrt haben wir kein einziges Mal darüber gesprochen, was ich hier angeblich zu tun haben soll.

Wird schon, sage ich mir.

Im schlimmsten Fall versaut es immerhin nicht mein Date.

Judith schiebt uns über den Flur auf ihren kleinen Balkon und platziert uns auf ihrer weiß gestrichenen Bank.

Auf dem Weg dahin helle Wände, Fotostrecken, Zimmer der Mitbewohner. Hier draußen ein paar Setzkästen für Blumen, kenne keine davon.

Unter uns das Stadtzentrum von Dinslaken in seiner

ganzen unscheinbaren Schläfrigkeit.

Vom Balkon aus kann ich eine Eisdiele und ein paar Geschäfte mit ausgekurbelten Markisen erkennen.

Schlendernde Menschenpaare und einen Springbrunnen, der im Takt der langsamsten Zählzeit seine Fontänen in den Himmel spuckt.

Die meisten Leute leben hier gemächlich in einer Ruhe, unter der manch einer ersticken würde. Die anderen warten in ihren Zimmern auf den frühen Abend, um sich endlich zu betrinken. Auf das Wochenende und die Ferien. Darauf, ihre Partykeller und Elternhäuser mit Gästen füllen zu können.

Das Bild einer Stadt.

Ich fühle mich voreingenommen.

»Wartet kurz, ich bin sofort wieder da.«

Judith fliegt davon.

»Hey«, ich stoße Mark an, »hast du ein Seil?«

»Entspann dich.«

»Hier geht es um dich. Hast du eins?«

»Wir sagen, du besuchst einen Freund.«

»So ein Quatsch.«

Alles im gezischten Flüsterton. Knastgespräch.

»Ich bin beruflich hier. Recherche.«

»Und für was?«

»In Wesel ist doch dieses Festival, ich treffe mich mit einer Organisatorin, um darüber schreiben zu können. Judith lag eben auf dem Weg.«

»Ein Blog? Übertreib's nicht.«

»Hat doch jeder.«

Da kommt sie schon zurück mit einem Tablett, auf dem drei dicke Latte Macchiato-Gläser und ein Teller mit Muffins und Plätzchen stehen.

Der Morgen weht uns kühl auf den Balkon und der Kaffee wirkt Wunder. Ich wage einen Griff nach den Plätzchen.

»Schmecken sie?«

»Sag mir lieber erst, ob die von dir sind.«
Sie nippt an ihrem Kaffee. Sieht zu Mark.
»Dein Freund ist gemein.«
»Welcher Freund?«
»Dein Chauffeur.«
»Beachte ihn nicht, er kann nicht so gut mit Leuten.«
Und das ist der Anfang unserer Unterhaltung.
Natürlich ignoriert sie Marks Rat und fragt sofort, was
ich überhaupt vorhabe. Ich antworte knapp zu den
Stichpunkten:

Wesel
Festival
Organisatorin

Und hoffe, damit jeglichen Wissensdurst ausreichend
gestillt zu haben.
»Sie hat heute frei und wir wollten uns ohnehin mal
wieder treffen.«
»Kriegt man das Ergebnis denn auch zu sehen?«
»Ach, steckt alles noch in den Kinderschuhen. Aber ich
sag dann Bescheid.«
Das kriege ich alles mit einem ruhigen Gewissen über
die Lippen, weil es einer Sache dient, die größer ist als
das Schicksal und kleiner als Heldenherzen.
Mark traf Judith.
Judith traf Mark.
Von allen eingeredeten Prinzipien strahlt der Zufall
noch am schönsten.
Das Alibi meines besten Freundes ist jedoch nicht nur
dienliche Fiktion, sondern auch der Spross einer ganz
realen, ebenso zufälligen Begegnung:
Vor sechs Jahren traf ich ein Mädchen auf dem Festival, das seitdem jedes Jahr in Wesel stattfindet.

Ein Mädchen mit grünen Augen, das ich Herz nannte, weil ich ihren Namen nicht kannte.

Wieso ich dort war, weiß ich nicht mehr, doch wahrscheinlich, weil es in meinem achtzehn Jahre gereiften Gehirn keinen Platz für etwas anderes gab als Musik. Und für die Gelegenheiten, sie zu hören.

Wir haben getrunken bis in die Nacht hinein. Getanzt, gesungen und wir lagen im Gras wie buntes Konfetti. Unsere Helden waren die Kilians und bei ihrer letzten Zugabe brach mein Herz. Am Morgen haben wir noch versucht, die Sterne mit unseren Kippen auszudrücken, während Bands ihren Kram einluden und von der Wiese vor den Bühnen nur plattgetretene Erde übrig war.

Das hat sie geschrieben.

Als wir tatsächlich im Gras lagen und rauchten.

Ich habe sie gefragt, was damit geschehen solle und sie meinte, vielleicht würde sie es veröffentlichten. Vielleicht auch nicht.

Mit ein paar anderen Leuten zusammen verlegte sie regelmäßig eine Zeitschrift. Redaktion nicht so ihr Ding, eher Typ Prosa. Wäre viel Arbeit, da brauche man immer viel Zeit.

Ich war unendlich beeindruckt.

Natürlich haben wir uns nie wiedergesehen. Sie weinte nicht, es war der Wind. Als ich wieder zu Hause war, beschloss ich, Journalist zu werden.

Ganz banal, doch ohne Erfolg.

»Ist das viel Aufwand, so ein Interview?«

»Was?«

»Dein Treffen gleich. Musstest du da viel vorbereiten?«

»Ach, nein, keine große Sache.«
Marks Augen ermahnen mich zu größerer Vorsicht.
Was ich mir dabei denke, die Konzentration zu verlieren und lieber in die Luft zu starren, fragen sie mich.
»Wahrscheinlich wirst du doch eh das meiste improvisieren«, beteiligt er sich zum ersten Mal hilfreich am Geschehen.
»Wird sich zeigen.«
Reiß dich zusammen, sage ich mir.
Nur noch die paar Minuten!
Der Natur meines Vorhabens kommt es entgegen, dass unsere Themen nur lose miteinander verknüpft sind und Judith bereits einen anderen Faden aufgenommen hat:
»Hast du sie eigentlich bekommen?«, fragt sie, jetzt an Mark gewandt.
Der zieht etwas aus der Innentasche seiner Jacke.
»War gar nicht so einfach. Aber: wie versprochen.«
Er überreicht ihr den ältesten Trick der Welt, eine Musikkassette als romantisches Geschenk.
»Danke! Wow...«
Sie fährt mit dem Finger über die Beschriftungen.
»Da ist ja *Rookie* drauf, ich liebe es!«
Dann umarmt sie ihn.
»Danke nochmal! Das ist echt toll.«
Und ich höre sein Herz bis an mein Ohr schlagen.
Gleich zerreißt der Kitsch mir den Verstand. Schnell ertränke ich meine Furcht in einem Schluck Latte Macchiato.
Als nächstes heißt es für die beiden: Den Augenblick nicht verkommen lassen, Momentum aufrechterhalten bis zur Explosion. Sie haben dazu vorgesehen, den intensivsten Tag ihres Lebens miteinander zu verbringen und so viel mitzunehmen, wie nur möglich ist. Ich habe dagegen vorgesehen, nur noch ein paar Restfetzen ihres Gesprächs mitzunehmen, um nicht elendig an einer

Überdosis Wunschdenken und Heiterkeit zu verrecken.

Wenige Inhaltssplitter, die sich in meinen Ohren festhaken, verraten mir genug von dem, was sie vorhaben: reden, lachen, gegenüber ein Eis essen. Tanzen zu Kassetten, die Judith sammelt und, wenn die Zeit es erlaubt, in ein Schwimmbad einbrechen, das nur am Wochenende geöffnet hat. Sollte sich Marks Aufenthalt doch in die Länge ziehen und über Nacht bis zum nächsten Tag erstrecken, könnten sie auch noch auf die Geburtstagsparty einer Freundin gehen. Da spielt sogar ein Freund mit seiner Gitarre. Ein bisschen tanzen, ein bisschen mitnehmen. Sich obendrein unsterblich verlieben und auf keinen Fall hinterfragen. Ich hinterfrage nicht, was Judith gerade erzählt, sondern sehe mich alleine auf dem Fahrersitz eine Zigarette nach der anderen rauchen.

Bevor ich aufstehe, erfahre ich noch, dass Judith damals von einer Freundin auf das Konzert gezerrt wurde und sie eigentlich gar nicht mitgehen wollte, weil ihr die Musik nicht gefiel und sie auch die Stadt nicht mochte. Allerdings habe es sich ja nun doch noch gelohnt und, weil Mark nun hier sei, bekäme sie endlich ihre Revanche im Kickern. Auf dem Konzert nämlich hat er sie besiegt.

Wer lässt das schon gern auf sich sitzen?

Ich merke, was mir alles entgehen wird und freue mich auf den Fahrersitz.

Von dort werde ich den klaren Himmel beobachten und eins mit der Unendlichkeit des Universums sein. Mich freuen, weil der Tag so schön im Gesamtgefüge des Weltenlaufs und Bochum weit genug entfernt liegt. Hamburg liegt noch viel weiter entfernt, fast so weit wie die Vergangenheit, die keiner braucht.

Mark blinzelt zu mir herüber und ich nehme mir noch ein Plätzchen.

Judith begleitet mich zur Tür.

»Viel Glück bei deinem Interview!«

»Wird schon«, sage ich. »Habt ihr einen schönen Tag.«
Als wir uns umarmen, rieche ich ihr Parfum. Wäre ich
zu menschlichen Regungen fähig, ich würde mich in sie
verlieben.

Und wieder die Gewissheit: Mark wird heute sterben.

Denn Judith ist umwerfend.

Doch nicht nur umwerfend, sie ist auch irgendwie be-
fangen. Als wolle sie auf der Stelle die Welt entdecken
und nichts sonst, weil sie sich dem Leben verschrieben
hat.

Wenn Judith lächelt, strahlt ihre Welt. Wenn sie sich
für etwas begeistert, fliegen die Fetzen. Funken schlagen so hoch, wie öde Tage tief liegen, wenn es sie nicht
mehr interessiert.

Hoffentlich gefällt er ihr noch immer.

Das Auto parkt in Wesel.

Ich sitze mit meinem Block auf dem Schoß und kritzle ein paar Zeilen zum Thema Leben und so weiter.

Da sind aber mehr Striche als Buchstaben und bald gebe ich die Sache auf, streiche alles weg.

Dann blättere ich durch die Seiten und lese bruch-stückhaft in verschmierten Notizen, belasse es schnell dabei und schmeiße den Block auf die Rückbank.

Auf dem Beifahrer herausgerissene Blätter, Zigaretten-schachtel, CDs.

Eine leere Bierflasche und keine Hoffnung für den Tag.

In der Hand halte ich sowohl den Kugelschreiber als auch eine Zigarette.

Mein Handy vibriert, ich gehe nicht ran.

Ich bin in die erinnerungsträchtige Hansestadt mit Auesee und Heubergpark gefahren und jetzt stehe ich auf einem Sandschotter-Parkplatz, um zu erfahren, wie es ist, eine Lüge zu leben.

Durch die Frontscheibe sehe ich den See und die Leute davor. Außerdem Bäume und Sandwege, die Illusion von Natur in einer schäbigen Stadt.

Eigentlich ist es hier überall ruhig und gleich und ver-pennt, nur die Menschen, die sich da beim Joggen ver-ausgaben, sind anders.

Sie führen ein tollkühnes Leben.

Wenn man einmal hier war, bildet man sich ein, die Leute zu kennen, obwohl man sie noch nie gesehen hat.

Ich schmeiße die Zigarette aus dem Fenster und sehe dem Fetzen verglühten Lungenlebens nach.

Muss jetzt auch mal aussteigen, sonst Erstickungsgefahr.

Also raus und den Wind billigend in Kauf nehmen.

Da ich moralisch zweifelsfrei funktioniere und ganz nebenbei in der Nähe einen Mülleimer mit Aschenbecher erblicke, verlagere ich mich dorthin.

Die fortgeworfene Zigarette nehme ich mit, genau wie den Block. Man kann ja nie wissen!

Ich blättere noch einmal die Seiten durch.

Versuche, etwas Lesbares darin zu finden, als plötzlich:

»Ist wohl was später geworden?«

Ich sehe auf.

»Komm, wir sind da drüben.«

Sie zeigt auf etwa zwanzig Trainingshosen und Trikots.

Ich nehme mir einen Augenblick. Schaue sie an, schaue meinen Block an, kneife die Augen zusammen, weil die Sonne blendet und ich hoffe, dass sie verschwunden ist, wenn ich sie wieder öffne.

Sie verschwindet nicht.

»Hi, ähm...«, rätsle ich.

»Darf ich fragen, wer du bist?«

»Mara! Und du bist zu spät zum Training.«

»Okay. Mara. Ich glaube, du verwechselst mich.«

Vor mir steht eine unruhige Frau Anfang zwanzig vom Typ Trainerin mit Motivator-Tick.

»Red doch nicht rum, komm lieber mit!«

Daraufhin zupft sie mich am Ärmel und ich muss rohe Gewalt anwenden, um standhaft zu bleiben.

»Jetzt aber!«, sie klatscht in die Hände.

Ich weise sie darauf hin, dass sie wirklich die falsche Person im Visier hat, dass ich weder zu spät bin, noch ihretwegen hier, dass ich mir nicht den Tag mit irgendeinem Sportgetue versauen werde und ich noch immer nicht weiß, wovon sie überhaupt spricht.

Während dieser Rede pfeift sie einen braungebrannten Herrn zu sich, ebenfalls Typ Trainer, der sich vor mir aufbaut und die Fäuste in die Hüften stemmt.

»Jay, der hier will nicht!«

Sie zu ihm.

»Sportsfreund, hier wird trainiert.«

Er zu mir.

Wieder schaue ich auf meinen Block, dann auf den Helden des Solariums. Sie denken wohl, ich hielte eine Wegbeschreibung in der Hand.

»Eigentlich wollte ich bloß meinen Müll wegschmeißen.«

Ich stehe vor der Engstirnigkeit der Sportmaschinen und greife in die Tasche, um meine Schachtel hervorzunehmen.

»Keine Sperenzien, wir warten auf dich.«

»Rauchst du? Du rauchst doch wohl nicht!«

Mara wird hysterisch, als ich eine Zigarette aus der Schachtel ziehe und mich nach einem Feuerzeug abtaste.

Jay versucht, mir die Zigarette abzunehmen, ich verhindere das aber und frage ihn, ob bei ihm noch alles am rechten Fleck sitzt.

»Dir ist jawohl klar, dass du damit aus dem Team raus bist!«

»Na endlich«, sage ich und finde pünktlich zu diesem Erfolg mein Feuerzeug.

Gerade, als Trainerin Mara nachlegen will, fährt ein blauer Van vor. Das gibt sogar so eine ganz klassische Staubwolke und heraus schält sich eine Gehetzte, die ihre Haare zum Zopf gebunden trägt.

In ihren grünen Augen Stress.

»Tut mir leid! Ich habe mich verfahren. Wartet ihr schon lange?«

Mara und Jay sehen jetzt ziemlich fassungslos aus und

fangen an, die Teilnehmer durchzuzählen. Ihrem Er-
gebnis nach kann ich kein Teilnehmer sein, da es sonst
einer zu viel wäre. Sie stehen achselzuckend und wü-
tend auf ihren Posten. Wissen offenbar nicht, was zu
tun ist.
Die beiden fallen mir aber kaum noch auf, denn eigent-
lich starre ich ungläubig auf den blauen Van und auf
die, die ausgestiegen ist.
Sechs Jahre, denke ich.
Dann ausgerechnet hier.
Sie sieht mich jetzt auch ziemlich erstaunt an:
»Mann!«
Ich schüttle den Kopf.
»Was machst du denn hier?«, fragt sie.
»Ich wollte meinen Müll wegbringen.«
»Ich glaub's nicht!«
Dann umarmen wir uns irgendwie ungelenk und ich
spüre vom Wind nicht mehr als von der Kühle des Mor-
gens, die sich langsam in einen dunstigen Mittag ver-
wandelt.
Mara und ihr Gehilfe räuspern sich.
Sie klopfen uns auf die Schultern: »Schön, wir fangen
jetzt aber an.«
»Nur noch eine Minute, bitte.«
»Ne, du kannst deine Sachen sofort wieder packen!«
Also keine Minute mehr.
Die sechs Jahre Verschollene entschuldigt sich, stam-
melt irgendetwas von wegen Stau und B58 und lange
Zeit nicht gesehen und so Zeug. Interessiert aber nicht:
»Mädchen, das war's, fahr nach Hause.«
Jay fragt nach ihrem Namen.
Dina Brandt.
Wird von der Liste gestrichen.
Der Typ dreht sich zu mir: »Und du geh gleich mit, wir
wollen hier in Ruhe trainieren.«
Ich wünsche ihnen viel Spaß. Zeige auf den Mülleimer:

»Den brauch ich aber noch.«

Sie zeigen uns den Vogel.

Trampeln davon.

»Du heißt Dina?«

Sie nickt und zittert ein bisschen.

»Ich glaube, ich muss das hier erstmal klären. Der Kurs ist wichtig für mich.«

»Der Kurs?«

Ich schaue zu dem im Kreis laufenden Sportlertrupp.

»Das sind die größten Arschlöcher.«

Sie lacht mit schlechtem Gewissen.

»Vielleicht spreche ich sie morgen nochmal darauf an und frage, ob sie mich wieder aufnehmen können.«

Ich beschließe, diesen Irrsinn nicht in Frage zu stellen.

»Tut mir leid, ich bin nur gerade etwas aufgewühlt und alles. Und überrascht! Ich meine: sechs Jahre? Es ging ziemlich rund damals. Wie heißt du eigentlich?«

»Muck. Alles in Ordnung?«

»Jaja, geht schon wieder. Wow, ist das lange her. Lust auf einen Kaffee?«

Darauf räume ich den Beifahrer frei.

Wir fahren in die Innenstadt und Dina führt mich in das beste Café der ganzen Stadt, wie sie sagt. Durch ziemlich großes Glück erwischen wir auch noch einen Platz an der Sonne. Draußen bauen sie Stände auf und ich sehe das Berliner Tor und daneben einen dieser scheußlichen Esel, die hier überall stehen.

Kurz wundere ich mich darüber, dass wir hier sind und frage mich, ob man es nicht besser bei einem schönen Tag belassen sollte.

Dann bestellen wir.

Dina läuft gleich darauf ins Bad und kommt erst zurück, als bereits alles auf dem Tisch steht.

Schwindverhalten.

»Was machst du so?«, fragt sie.

Saugt Milchschaum und Erdbeersirup durch einen

140

Strohhalm.

»Ich habe jemandem erzählt, ich würde eine Organisatorin von dem Festival hier treffen, um sie zu interviewen.«

»Was, echt? Du Verrückter!«

Der erste Kaffee schmeckt nach neu gefundener, alter Freundschaft.

Nach altem Verlangen und der Nacht unter Sternen.

Nach einem zweiten Tag nach dem einzigen Tag, doch bereits der zweite Kaffee schmeckt fad.

Ich frage sie, weshalb der Kurs so wichtig für sie ist und sie berichtet mir von Ungereimtheiten und Tristesse.

Davon, dass sie nur noch studiert und unser Treffen heute aufregend ist, sie aber doch auch diesen Kurs braucht.

Alles in einem Atemzug. Input: Schicksalsschlag.

»Eigentlich knallt es so gar nicht mehr,« sagt sie.

»Ich schreibe immer noch für diese Zeitung, aber ansonsten hänge ich ständig in der Uni. Bereite Sitzungen vor, beantworte Fragen.«

»Das heißt, du hast deine Leidenschaft für Dosenbier verloren?«

Sie rollt mit den Augen.

»Schon lange! Das letzte Mal richtig getrunken habe ich vor drei Jahren, bevor ich mit Sören zusammenkam. Und letzte Woche, als wir uns getrennt haben.«

»Ach, das wird schon wieder.«

Sechs Silben. Für jedes Jahr eine.

Dina bestellt sich ein Wasser.

Ich finde, Sören ist ein schrecklicher Name.

»Jetzt erzähl aber mal. Hast du eine Freundin? Wir haben uns so lange nicht gesehen!«

Nehme einen Schluck.

»Keine Freundin. Nur einen besten Freund, den ich hier herbegleitet habe. Er wollte jemanden treffen und brauchte eine Ausrede.«

»Ah.«

»Und du? Machst du noch Musik?«

Sie schüttelt langsam den Kopf, als wolle sie mich auf eine schreckliche Nachricht vorbereiten.

»Gar keine Zeit«, sagt sie.

»Außerdem war ich eh nie so gut.«

»Verstehe. Schade. Mir hat es gefallen.«

»Ehrlich?«

»Besser als die Musik auf der Bühne.«

»Das sagst du nur so.«

»Na gut, du hast Recht.«

»Wirklich?«

Ich bestelle mir einen Muffin.

Schokoladenstückchen, Morgenreminiszenz und irgendeine Füllung. Dazu einen Espresso.

Dina möchte keinen.

Weder noch.

Dafür schaut sie jetzt angeschlagen auf meinen Teller.

Ich halte ihr die Gabel hin.

»Lieber nicht.«

»Ich kann dir noch nicht sagen, was du verpasst, aber es ist sicher eine Menge.«

Sie bleibt dabei, also nehme ich den ersten Bissen.

Gut schmeckt das.

Nach der Hälfte fragt sie mich, ob sie mal probieren dürfe.

Ihr schmeckt er auch.

»Soll ich dir was übriglassen?«

»Lieber nicht.«

In Ordnung.

Ich kaue auf den Muffin-Resten herum und kann nicht recht glauben, dass Dina wirklich das Mädchen ist, das ich Herz nannte, weil ich ihren Namen nicht kannte.

Wenn von der Vergangenheit ein paar schöne Bilder übrigbleiben, ist das mehr als genug. Mehr verlange ich doch gar nicht! Aber selbst die schönen Bilder weichen auf und sind auf einmal blass, wenn man sie wieder hervorholt.

»Bei deiner letzten Beziehung, hast du da Schluss gemacht?«, fragt sie.

»Ja«, sage ich.

»Und war es schwer?«

»Nein.«

»Hm.«

»Es war keine große Sache, wir kannten uns gar nicht richtig.«

»Okay.«

Mein Handy vibriert schon wieder. Auch, wenn es der ideale Vorwand wäre, vom Tisch zu fliehen, ignoriere ich es.

»Hm.«

»Hm?«

»Ich gehe mal zur Toilette.«

»Ist alles okay?«

»Ja...«

Dina sieht traurig aus.

Nicht wie jemand, der etwas durchmacht, obwohl sie das ja tut, irgendwie.

Ich nutze die Gelegenheit, nun doch auf mein Handy zu schauen und sehe acht eingegangene Anrufe und drei Nachrichten von Mark:

1. Ruf an, wenn du Zeit hast. Oder geh wenigstens dran.
2. Ich weiß, dass du Zeit hast
3. Alter!

Es vibriert erneut.

Ich gehe dran:

»Muck? Bist du's? Wenn du ihn entführt hast, ich bezahle nichts!«

»Alles in Ordnung, ich bin's.«

»Wahnsinn! Hör zu: Judiths Freundin, der Geburtstag. Wir trinken hier vor.«

»Klar.«

»Also kommst du gleich?«

»Natürlich nicht.«

Kurze Stille.

»Es war ihre Idee.«

»Und nicht zu kommen, ist meine. Hast du auch noch eine?«

»Ich würde sagen, du machst dich auf den Weg.«

»Vergiss es, du...«

Dina läuft über den Flur zum Tisch.

»Ich muss auflegen.«

»Was? Wieso? Hey...«

Bringe Mark zum Schweigen und stecke das Handy in die Tasche. Alles in einer Sekunde.

»Wer war dran?«, fragt sie.

Ich schaue vollkommen irritiert.

»Naja, ist ja nicht so wichtig. Es tut echt gut, das alles mal jemandem zu erzählen, der nicht in der Sache drinsteckt!«

Gerade wünsche ich mir, ganz tief in der Sache drinzustecken.

»Das mit der Trennung hat mich echt hart getroffen. Und nochmal zu dem Kurs: Ich brauche das momentan, mich so richtig auszupowern. Die anderen Kurse sind montags und freitags, nur dazwischen ist es schwer, deswegen wäre der Mittwoch wichtig für mich. Ich bin jeden Tag am Auesee, obwohl ich ja eigentlich aus Duisburg komme. Um zu joggen, weißt du. Das tut mir gut.«

Diesmal nicke ich apathisch.

Ich habe den Sinn für Irritation verloren und werde

vermutlich bald auch meinen restlichen Verstand verlieren.

Ist es noch eine Begegnung, wenn sie jeden Tag dort ist?

»Klingt übertrieben«, sage ich.

»Das kannst du laut sagen! Weißt du, wir waren drei Jahre zusammen und dann packt er seine Sachen. Der hat nicht mal...«, sie stockt.

»Meinst du ihn oder mich?«

»Dich.«

»Wie bitte?«

»Ich meine, dass es total übertrieben klingt, was du erzählst.«

»Also wirklich... das ist... das kannst DU doch gar nicht beurteilen!«

Plötzlich Empörung.

»Doch, kann ich.«

Sie nippt an ihrem Glas.

Dazu hektisches Winken.

»Nein, trotzdem: Ich glaube, man muss so etwas doch schonmal erlebt haben, um mich da zu verstehen.«

Ich frage mich, was sie meint und versuche, mich nicht hineinzufühlen.

Gleichzeitig denke ich daran, wie ich sie in Erinnerung habe. Ein viel lebhafteres Bild ist das.

Vielleicht auch nur von der Leuchtkraft vorbeigezogener Jahre angestrahlt, die ziehen ja immer so einen Kometenschweif nach sich, dass alles heller aussieht. Vielleicht aber auch der ehrlichere Abdruck desselben Menschen in einer anderen Zeit. Jedenfalls ist es jetzt, als hätte sie alles weggeschmissen und nur das Aussehen behalten. Allerdings auch nur die gehetzten Konturen, die harten Züge um ihren Mund, von etlichen Überlegungen geplagte Augenlider. Totalstress.

Vor sechs Jahren hat wirklich alles gestimmt: aufgeregt, übernächtigt, fahrlässig in schwarzer Nachtluft.

Da hatten wir keine ruhige Minute und keine Zeit für Lethargie.

Hier stimmt überhaupt nichts.

Nicht mal das Café ist so richtig eins mit sich. Da stehen Schmetterlinge auf rustikalen Tischdecken, Sirupspender in ausgehöhlten Holzfässern und dazu Kaugummiautomaten wie in Freizeitparks oder vor Campingplatz-Rezeptionen.

Wir versuchen nicht, irgendwelche Lichter auszudrücken oder Gewissheiten aufzuschieben. Es ist überhaupt nichts mehr da, was man aufschieben könnte.

Und das ist doch falsch, ein Bild so kaputtzuerleben.

»Themawechsel! Hast du was erlebt? Die letzten Jahre?«

Sie fragt das und schiebt völlig sinnlos einen Untersetzer hin und her.

»Schon so einiges.«

»Hmh. Bei mir ist kürzlich jemand in der Familie...«

»Okay, du. Ich weiß, das ist unhöflich und alles, aber können wir das lassen?«

»Was meinst du?«

»Das hier. Das ganze Treffen am besten.«

Kommunikationsstop.

Wieder der Untersetzer, nervöses Kratzen an der Kante.

Überall Fussel.

»Es führt ja zu nichts.«

»Toll, das habe ich jetzt gebraucht. Noch jemand, der mich enttäuscht.«

Sie atmet heftig, ist aufgebracht. Passt zu der Person, die vor mir sitzt, dieses Theatralisch-Negative.

»Ist das aus uns geworden?«

Darauf fällt mir wirklich nichts ein. Aber sie legt ohnehin augenblicklich nach:

»Du magst mich nicht mehr, oder?«

»Ehrlich gesagt: Ja.«

Wir schauen uns einen Augenblick lang an.

Irgendwie ungelenk, genau wie die Umarmung. Ich sehe einen dünnen Schweißfilm auf ihrer Schläfe, von dem sich kleinere Tropfen lösen. War eben noch nicht da. Als hätte sie sich in den letzten Sekunden völlig verausgabt.

Ich stehe auf, sie wühlt in ihrer kleinen braunen Ledertasche herum.

»Weißt du was? Ich habe dich anders in Erinnerung!«

»Hoffentlich.«

»Und du hast dich nicht zum Guten verändert, ich... ach, verdammt!«

»Sorry.«

»Ne!«

Ihre Hand gleitet aus der Tasche, schlägt flach auf den Tisch.

Erkenntnismoment.

Sie hat kein Portemonnaie dabei.

Muss es in all dem Stress liegen gelassen haben, als sie zu dem Sportlertrupp gefahren ist, um sich so richtig auszupowern.

Von solchen Schicksalsschlägen hört man ja gelegentlich.

Wirklich, eine tragische Geschichte.

Ich gehe zur Theke, um als Byron'scher Held die Rechnung zu begleichen.

Dabei verfluche ich das Mitleid als größtes Gift der Menschen. Oder den eingeredeten Anstand, diesen Chauvinismus.

»Dann zahl wenigstens!«, ruft sie schrill, trifft mich am Hinterkopf. Wie mit geworfenen Steinen. Ich überlege mir, nur den Muffin und meine gefühlten vierundzwanzig Kaffee zu zahlen. Erwäge den moralischen Sold, der zu bezahlen wäre und erwäge die nötige Demut, es nicht zu tun.

Als ich den Schein abgebe, der mit Trinkgeld für uns beide reicht, durchfährt mich ein ekelhaftes Gefühl der Scham.

Helfen versus hilfsbedürftig machen.

Klassische Doppelbindung.

Dina läuft an mir vorbei.

Kopfschüttelnd, zähneknirschend.

Von der Theke ein besorgter Blick, dann ein Achselzucken:

»Frauen halt«, sagt der plumpe Typ und mir wird augenblicklich schlecht.

Vielleicht müsste ich jetzt aufgelöst sein und auch ein bisschen schuldbewusst.

Bin ich nicht. Beides nicht.

Wir hätten namenlos bleiben sollen, denn diesmal weht noch nicht einmal der Wind.

Und es ist nicht banal, sondern daneben.

Ich sehe ihr nach, wie sie geht.

Und kein Wort mehr.

Der Platz auf meinem Beifahrer bleibt leer und ich suche mein Feuerzeug.

Ständig suche ich mein Feuerzeug.

Finde es auf der Fußmatte.

Ich stecke die Zigarette an und vergesse, das Fenster aufzumachen.

Dann fahre ich zu Judiths Wohnung und zu Mark und dem beschissenen Plan von Heldenherzen.

Sie winkt mich mit einer Flasche Martini herein.
Kurze Umarmung, leichter Hauch von Alkohol. Irgendwas Süßliches. Dann führt sie mich in die Küche, wo die Kassette läuft, die Mark ihr geschenkt hat. Auf dem Tisch Knabberzeug und Schnapsgläser, zwei offene Bierflaschen. Weil ich kein Schmarotzer bin, stelle ich Wein von einer Tankstelle auf den Haufen Spielkarten, aus dem Mark gerade das Pik Ass zieht.
»Ha!«, begrüßt er mich. »Sieht du das hier?«
»Das ist ein...«
»Das heißt, du trinkst!«, beendet er den Satz.
Zum Einstand also Schnaps.
»Wie lief's?«, fragt Judith, dreht an der Anlage herum.
»Ganz okay.«
»Nicht wie erhofft?«
»Ich habe eine ganze Menge erfahren. War nur ungewohnt, sich wiederzusehen.«
Mark starrt mich hinter ihrem Rücken an, als hätte ich den Verstand verloren.
Ich zeige schnell auf den Küchentisch.
»Habt ihr das die ganze Zeit lang getan?«
Sie lacht.
»Die haben hier tolle Schwimmbäder«, schaltet er sich ein. »Leider geschlossen, also mussten wir... du weißt schon.«
Dann greift er wieder nach einer Karte.
Kreuz Neun, er muss trinken.

149

»Wir schenken Leefke übrigens Konzertkarten. Wenn jemand fragt, sag einfach, du hast dich daran beteiligt.«

»Was kriegt ihr?«

»Gar nichts, du kennst sie doch überhaupt nicht.«

Er nimmt seinen Schnaps.

»Ist das wirklich ihr Name?«

»Klar.«

»Wow.«

»Wieso?«

»Finde ich gut.«

»Den Namen?«

»Darf ich den aufmachen?« - Judith dazwischen. Weinflasche in ihrer Hand.

»Klar.« - Zu Judith.

»Was sonst?« -Zu Mark.

»Die Idee mit den Konzertkarten.«

Schubladengeräusch, Besteckklappern.

»Wo ist denn der Korkenzieher...«

»Was für ein Konzert eigentlich?«

»Hat Till den nicht gerade mitgenommen?«

»Sehr gut, Mr. Aufmerksam.«

»Wer ist Till?«

»Der muss doch irgendwo hier...«

»Ist eine ziemlich kleine Band, aber...«

»Till ist doch keine Band.«

»Nein, so ein Quatsch!«

»Aber...«

»Ach ja!«

Die Gutsherrin läuft aus der Küche, dazu ein Lied über Kommunikationsprobleme.

»Hey Muck«, Mark haut mich an.

»Hm?«

»Cool, dass du da bist!«

»Ich kann dich ja doch nicht hängen lassen.«

Judith kehrt triumphal zurück und schraubt an der

Weinflasche herum.

Als die Spindel vollständig verschwunden ist, sagt sie:
»Kollektiv22. Nicht gerade bekannt, aber toll!«

Der Korken ploppt aus der Flasche.

Ich brauche einige Zeit, um zu begreifen, dass sie wohl
von der Band spricht.

»Und weil die eigentlich nur in Hamburg auftreten,
gibt es das Wochenende dazu.«

Sie gibt uns Weingläser.

»Das ist doch die Band mit dem Musikvideo auf einem... Dach«, bemerke ich und Judith nickt eifrig.

»Auf so eine Idee würde ich nie kommen!«

»Echt jetzt?«

»Neeee.«

Sie kichert und wir stoßen an.

Ein bisschen plörrig schmeckt er ja schon, aber man tut
halt, was man kann.

Ich frage mich, was mich erst auf dem Geburtstag erwartet. Und ich frage mich, wessen Idee das war, wie
viel sie schon getrunken haben und wie das zusam-
mengeht mit dem unvergesslichen Tag aller Tage.

Außerdem frage ich mich, wer der Typ ist, der plötzlich
in der Tür steht und mir die Hand zerquetscht.

»Jo, ich bin Till. Wohne auch hier.«

»Hey. Ich bin Muck.«

Er greift zum Kühlschrank und nimmt sich ein Bier.

»Darf ich mich kurz dazu setzen? Ich muss mal weg
von der Lernerei.«

Darf er und er setzt sich an den Tisch, fährt mutig in
den Kartenstapel und zückt die Herz Sieben. Das
macht einen Schnaps für Judith.

Klare Regeln.

Ich blicke nicht durch.

Bin jetzt aber wohl an der Reihe, denn der neu aufge-
tauchte Mitbewohner zeigt auffordernd auf die verbleibenden Karten.

Als ich den Kreuz König ziehe, herrscht bedrohliches Schweigen.

»Das tut mir leid, Alter.«

Ich sehe Till an, weil er so verschwörerisch zum Schrank geht.

»Aber der König bringt dir Pech.«

Und prompt landet vor mir ein doch recht volles Glas mit Wodka auf dem Tisch.

»Bier dazu?«, fragt er hilfsbereit, ohne Sarkasmus.

»Bitte«, sage ich und versuche, würdevoll zu klingen.

Auf mein leeres Glas gibt es Applaus und ich fühle mich für einen Moment wie siebzehn.

»Gibt es hier noch mehr von euch?«, frage ich, um mich von dem widerlichen Geschmack abzulenken.

»Nora«, antwortet Till, »aber die ist schon auf dem Geburtstag.«

Er schaut auf die Uhr.

»Sollten wir da nicht auch langsam hin?«

Bevor sich jemand äußert, fallen uns allen die vollen Weingläser auf, die angebrochenen Bierflaschen und das noch nicht beendete Kartenspiel. Außerdem die gute Musik über die mittlerweile zur Antiquität gewordene Kassette.

Ein Liebesbeweis in vielerlei Hinsicht.

Also weitermachen.

Beim nächsten Mal ziehe ich eine Pik Sieben und sehe Mark dabei zu, wie er sich seinen Berenzen-Brechreiz mit nachgeschüttetem Wein erträglich macht.

Judith sieht ziemlich niedlich aus, wenn sie ihn am Arm streichelt, um ihn zu trösten. Er sieht dabei ziemlich bescheuert aus.

Till hat sich recht schnell von seiner Geistesgegenwart verabschiedet und trinkt einen nach dem anderen. Ab und zu quatscht er etwas von deutschem Rap, dass der ja viel mehr biete als das, was da gerade läuft, weil man da wenigstens alles versteht. Marks Augen leuchten in sämtlichen Farben, die Judiths Outfit hergibt, und es ist nicht der Alkohol, der ihnen die Zeit stiehlt.

Ich schaffe es, Till für eine Zigarette auf den Balkon zu locken und mache zwei oder drei daraus, als wir erst einmal dort sind. Habe ihm Bier und Schnaps mitgebracht, um ihn bei Laune zu halten.

Nachdem er mir ausgiebig erzählt hat, dass Frauen vom Dorf nicht das Wahre sind und man für die Richtige schon in die Stadt muss und hier zwar alle rattig wären wie sonst was, aber eine Nutte noch keine Königin macht und es doch, seien wir mal ehrlich, am Ende sowieso nur auf ihre Möpse ankommt, ist mein Vorrat altruistischer Tendenzen ausgeschöpft.

Ich gehe in die Küche und sehe den halb komatösen Till neben mir her stolpern.

Judith und Mark sitzen mit der Heimlichkeit kleiner Kinder da, die zum ersten Mal ein eigenes Versteck gebaut haben, von dem sie fürchten, es könnte ihnen entrissen werden, wenn jemand davon erführe. Dazu ein Nicken der Bestätigung, dass die letzten fünfzehn Minuten kein Fiebertraum waren. Und es könnte ein schönes Bild sein, wäre nicht bei allem auch dieses angeknackste Alkohollächeln. Und die hin und wieder durchschimmernde Ziellosigkeit in Marks Blicken, die nicht weiß, ob sie Sehnsucht oder Enttäuschung ist.

In meinem Delir setzt mittlerweile ein leises Surren ein, kein unangenehmes Brummen, sondern Trunkenheit fernab vom Kopfschmerz.

Nur die Müdigkeit schlägt mir vor den Kopf, also wende ich mich Hilfe suchend an die Gastgeberin:

»Sag mal, hast du vielleicht einen Kaffee?«

Wieder kichert sie.

»Du musst mehr trinken.«

»Ja, schon. Kaffee wär super.«

»Neeee, schau doch mal auf den Tisch.«

Ich sehe da noch vier Karten und nehme die erste.

Herz Ass. Schade für Judith. Sie will sich rächen, zieht jedoch die Kreuz Acht.

Mark folgt ihrem Beispiel und zieht sich das Kreuz Ass. Für Till drehen wir die letzte Karte um und sehen angewidert auf den Karo König.

Zusammengefasst bedeutet das alles:

Judith - Zwei Schnäpse nach Belieben
Mark - Ein Schnaps, ein Glas Wodka
Muck - Ein Glas Wodka, kein Kaffee
Till - Exitus

Weil sich letzterer nicht mehr bewegen möchte, ersparen wir ihm das Elend und tragen ihn in sein Zimmer, wo er einfach weiterschläft.

»Wie hast du es so lange alleine mit ihm draußen ausgehalten?«

Danke mir später, mein Freund.

Irgendwann, wenn von der Erde nur noch Asche übrig ist, weil deine Liebe sie versengt hat.

»Reine Willenskraft.«

»Wirklich beeindruckend!«

»Danke.«

»Sicher nicht ohne einen höheren Zweck.«

»Ich trainiere für mein Leben als Mensch.«

Und leere den Wein.

Judith schaut prüfend.

»Ihr zwei habt eine lustige Freundschaft«, sagt sie.

»Findest du?«

»Ja, sehr erdig irgendwie. Findet man nicht oft. Energisch meine ich.«

Den Satz schiebe ich auf ihren Alkoholkonsum.

Genau wie das Bier, das ich uns aus dem Kühlschrank hole.

»Und danach gehen wir rüber?«

Sie nicken.

Auf die letzten paar Minuten im Versteck!

Wenn da nicht dieser kaum spürbare Beigeschmack wäre, würde ich den beiden von ganzem Herzen Glück wünschen. So wünsche ich mir nur, dass Mark nicht sein ganzes Herz verschenkt hat, denn es ist der Beigeschmack von Liedern, die einen beim ersten Hören begeisterten und beim zweiten an das erste Mal erinnern. Der Geschmack, der dir sagt: Genieße es, wenn du kannst. Genieße es am besten, so gut du kannst, denn eigentlich ist es gar nicht da.

Wir torkeln über den Bürgersteig.

Zu Fuß dauert es nur wenige Minuten bis in einen dieser noblen Stadtteile, in denen Eltern ihren Kindern Kleinwagen überlassen, wenn sie sich mal wieder ein neues Auto kaufen.

Hier tragen sogar Baumkronen Frisuren, um keinen schlechten Eindruck zu hinterlassen.

Man kümmert sich um Hausfassaden, mit der ganzen Familie um die Karrieren der Kinder und regelmäßig drückt man ein wenig Geld ab, um es in irgendeinen banalen Mist zu stecken. Oder am besten alles anlegen, sonst geht noch die Zukunft den Bach runter. Jedes Wochenende geht die Klarheit in den Augen der Nachzügler den Bach runter, wenn die Eltern außer Haus sind und man eine richtige Sause veranstalten muss.

Strukturell greifender Tag-Nacht-Dualismus bei angeborenem und mehr oder minder freiwillig erworbenem Spießbürgertum im Mittelschichten-Reservoire nach Maß.

Koma inklusive.

Ich bin mir ganz sicher, würde man nachsehen, man könnte an den Fensterrahmen die Seriennummern der einzelnen Familien ablesen und daneben den Namen des Katalogs, aus dem sie bestellt wurden.

Wir sind gleich da.

Bald sehe ich Klinkersteine.

Eine Einfahrt mit Tor und Blumenbeet.

Ein paar stehen auf der Einfahrt und rauchen, wedeln mit ihren Flaschen und grölen irgendeinen Scheiß.

Der ganze Neubau ist hell erleuchtet, sogar im Keller brennt Licht.

»Das Haus gehört Leefkes Vater«, haucht Judith in mein Ohr.

»Sie hat prompt eine WG daraus gemacht und ist mit drei Schulfreunden eingezogen.«

Es riecht nach Gras und verschüttetem Bier.

»Zieht man von denen nicht eher weg?«, frage ich vorsichtig.

»Nee, die sind echt eine tolle Clique. Außerdem zahlen's die Eltern.«

Mark lacht aus dem Off.

Ich schalte mich aus.

Nachdem wir uns reingeschlichen haben, ohne dass es jemand geschafft hat, uns abzufüllen, traben wir erstmal über den Flur, an drei Zimmern, einer Küche und dem Bad vorbei ins Wohnzimmer. Dort Tischtennisplatte, Sitzmöbelhaufen, HiFi-Anlage. Echtledergarnitur, Strandpanorama an der Wand.

Judith wird überschwänglich begrüßt.

Von so einem tiefenfröhlichen Kerl im Batikmuster.

Er umarmt sie, drückt ihr einen Kuss auf die Wange und gibt uns die Hand. Gibt ihr noch einen. Sie grinst verhalten.

»Frank«, kommt es knapp aus seinem Mund.

Wir nicken. Kann sein, dass er Frank gesagt hat.

Man versteht ja kaum etwas, weil überall Stimmen herumschwirren und Electro-Beats und Klangteppiche die ganze Wohnung in Beschlag genommen haben.

Die beiden quatschen ein wenig, sie legt den Kopf in den Nacken und gestikuliert wie eine Dirigentin. »Die beiden da!«, schnappe ich auf. Und: »Jaa, Mark ist ein ganz Lieber.« Dass sie das a langzieht, höre ich sogar durch den Krach.

Mir wird in Halbsätzen erklärt, das sei der Freund, der hier aufgetreten ist.

Kann ich mir gar nicht vorstellen bei all dem Synthie-Sound.

Haben wir ja leider verpasst, soll aber gut gewesen sein.

Die Richtung? Ist doch egal, das Gefühl muss stimmen!

»Eigentlich ist das schon keine Musik mehr«, schreit er mir ins Ohr. »Was die meisten Leute hören wollen, das ist gar keine Musik mehr.«

»Keine Musik«, wiederhole ich, weil ich das für angebracht halte.

»Ganz genau, Mann. Keine Musik.«

Mit diesen Worten verschwindet er ins Bad.

Es dauert nicht lang bis zum ersten Bier. Judith flitzt und holt Getränke.

Nur etwas länger bis zum ersten Schnaps.

»Schön hier«, rufe ich. »Wo ist denn die Gute?«

Von Leefke keine Spur. Ich bin neugierig, wie jemand aussieht, der so heißt. Außerdem will ich mich vergewissern, dass es einen Grund für unseren Aufenthalt gibt.

Wir schlendern zu einer knallig roten Ledercouch und lassen uns darauf nieder. Sie gibt bedenklich weit nach, wir fühlen uns schwer.

Unsere Reiseführerin hüpft in die Küche.

Hallo sagen und so.

Vor uns zwei Mädchen, Rocktypen. Sie unterhalten sich über die Vorzüge von Streaming gegenüber Schallplatten und pusten abwechselnd Qualm in ihre Gesichter, um dem Gespräch die nötige Verruchtheit zu geben. Worte allein reichen da eben nicht, verstehe ich schon.

Das sei ganz klar, Platten wären mittlerweile schon zum zweiten Mal outdated, die ganzen Kids, die sich jetzt einen Plattenspieler kaufen, um cool zu sein. Da stelle man sich doch nur bloß.

Ich denke mit einigem Stolz an meinen Plattenspieler und an die Vorzüge von Platten gegenüber komischen Menschen.

»Denkst du das gleiche wie ich?«, fragt Mark.

»Ich fürchte«, gebe ich zurück.

Dann beobachten wir eine Gruppe beim Beer Pong spielen.

Dann einen Typen, wie er jemanden anquatscht. Ohne Erfolg, seine Liebe ist reserviert. Zwei beim Tanzen. Die Arme zur Decke. Sehnsucht in den Augen. Viermal schallendes Gelächter Cocktails schlürfender Damen. Aus dem Bad dringt Gekreische, kurz darauf ein hochroter Kopf. Frank hat sich hinter dem Duschvorhang versteckt und die Ahnungslose mit einem Stroboskop erschreckt. Es flimmert noch und der Übeltäter kriegt sich vor Lachen kaum ein. Zwischen seinen Zähnen klemmt ein Joint, der ihm aus dem Mund zu fallen droht. Ein paar klatschen Beifall, andere sind genervt.

Ich schaue zum Balkon hinaus und sehe weitere Trinkspiele im Scheinwerferlicht gepunkteter Zigarettenglut. Neben uns ein Streitgespräch und an der Decke die riesige Desperados-Flagge.

In etwa so stelle ich mir den Vorhof zur Hölle vor.

»Danke«, schreit Mark.

Ich sehe ihn an.

»Für eben.«

»Hat es sich denn gelohnt?«

Er antwortet nicht darauf.

Aus den Boxen im Wechsel BUM BUM BUM BUM, Zischen und Knattern. Zahnradassoziationen und Getriebeharmonien.

»Aber sag mal«, er nimmt einen Schluck.

DJ So-und-So unterbricht uns mit gesampelten Textfetzen aus unbekannten Liedern.

Cliffhanger.

»Du hast sie heute wirklich getroffen, stimmt's?«

Ich nicke, ohne den Blick von ihm zu nehmen. Sein Ausdruck liegt irgendwo zwischen Bedauern und großer Hoffnung. Wahrscheinlich kommt es dazu, weil er mich auch ansieht.

»Es war keine Absicht.«

»Habt ihr euch amüsiert?«

»Kein Stück.«

»Nicht mal Abschiedsromantik? Alte Zeiten und so Zeug?«

»Gar nichts.«

Ich erzähle ihm ein bisschen von dem Treffen. Viel mehr erlaubt die Lautstärke nicht, weil jedes Wort mit Bedacht gewählt werden muss. Von der Schreierei tut mir der Hals weh, daher ist Vorsicht geboten.

»Schade, es wäre sicher schön gewesen, hättet ihr euch wieder so gut verstanden.«

»Vielleicht. Aber das ist ewig her.«

»Eben deshalb ja.«

Wir trinken.

»Ich sag's doch immer: Vergangenheiten...«

Den Rest klaut mir die Anlage. Mein Plädoyer verstummt in den Wellen der Euphorie irgendwelcher Tanzhungrigen.

Frank streckt kurz den Kopf aus der Menge und hält mir seinen Joint vor die Nase.

»Wollt ihr was rauchen?«

»Ne, lass mal grad, wir...«

Mark nimmt den größten Zug der letzten Jahre.

Er schmunzelt nur, keine Apologie.

Damit kann ich aber gerade nichts anfangen und tunke daher meine Ratlosigkeit in einen Blick über die Poster an der Wand: ACDC, Maiden, Bundesligatabellen. Lavalampen auf einem IKEA-Tisch, die Rockmädchen trinken Tequila.

Hier der Philosoph und das Rätsel.

Schweigen auf der Couch.

Sehe Judith mit Muffins auf uns zukommen und lachen. Höre es nur nicht. Dann setzt sie sich auf meinen Schoß und bietet mir einen an. Die zweite Morgenreminiszenz.

Als ich darauf herumkaue, streicht sie mir über die Wange und fragt, wie es denn schmeckt.

»Super«, sage ich.

»Was ist eigentlich mit der Gastgeberin?«

»Leefke ist auf dem Balkon. Die siehst du noch früh genug. Komm mal mit, ich möchte dich jemandem vorstellen.«

Was hat das jetzt zu bedeuten?

Sie springt auf und zieht mich in die Küche. Scheint ziemlich entschlossen zu sein, mich dorthin mitzunehmen.

Überhaupt scheint sie auf Dauerbewegung aus zu sein. Keine ruhige Minute, sonst Schwindsucht.

Ich sehe hochgestapelte Pizzakartons, im offenstehenden Kühlschrank nichts als Bierflaschen und eine abgelaufene Packung Salami.

Eine Handvoll Leute kichernd im Halbkreis um eine Wanne mit Sangriastrohhalmen drin.

Sehe V-Ausschnitte unter geleckten Frisuren und langweilig biedere Blusen. Rosa und grau und Karo sind hier erste Wahl. Auf Karo kann ich gar nicht gut, auf rosa auch nicht.

Nehme mir ein Bier und schließe den Kühlschrank. Etwas spießig, diese Tat.

Dann schiebt mich Judith vor den Halbkreis und zeigt auf mich, während aus den Lautsprechern heraus irgendein Halbstarker seinen Unterleib thematisiert. Fühle mich wie das Ausstellungsstück bei einer Messe.

»Darf ich vorstellen.«

Aus der Runde löst sich eine Person, an der mir zuerst

die roten Haare und das blaue Kleid auffallen. Gegensatzprinzip.

»Bonjour Monsieur, ich bin Mina, Leefkes Mitbewohnerin.«

»Je m'appelle Muck.«

Maximalfranzösisch, mehr geht nicht.

Sie zeigt mit einem der riesigen Strohhalme auf mich und im nächsten Moment schmecke ich wässrige Cola, Rum und Plastik.

Trinke natürlich mehr davon.

Es war Minas Idee und sie hatte auch die Idee, sich pinkfarbene Silikonplugs in ihre Ohrlöcher zu stecken.

»Ich habe gehört, du bist Journalist.«

»Klingt nach Hochstapelei.«

Das wird mich nie wieder loslassen.

Ich muss echt mal von dieser Lüge runterkommen.

Ihr gefällt sie offenbar.

»Lass uns kurz raus«, sagt sie, »ich möchte eine rauchen.«

Warum nicht. Bloß weg hier.

Sie geht voran und sucht ständig irgendwelche Blicke, die sie sammelt, wie andere Kastanien sammeln.

Draußen stecken wir zwei an und lehnen uns ein wenig abseits der anderen an die Hauswand.

»Du kommst aus Bochum?«, fragt sie.

»Eigentlich sogar aus Duisburg, aber ich wohne da.«

»Ist bestimmt cool, in so einer Stadt zu wohnen.«

Ich nehme einen Zug und denke an die ganzen Dinge, die überhaupt nicht cool sind.

»Was reizt dich an Bochum?«

»Hier ist es so, als würde man auf dem Dorf leben. Klar, es gibt die Partys, aber in den Studentenstädten muss doch viel mehr los sein.«

»Mehr Leute, mehr Trubel, mehr Beton?«

Wenn Mina lacht, klingt es eher wie Ausatmen.

»Du bist ein richtig Optimistischer, kann das?«

»Ich steh nicht auf Kitsch.«

»Und ich nicht auf Optimisten.«

Sie löst sich von der Wand. Tritt ihre Zigarette aus.

»Aber wir zwei, ...«

Sie stellt sich vor mich. Ich rieche die Zeit, die sie schon auf der Party verbracht hat.

»...wir sind ja gar keine Optimisten.«

Nimmt mir die Zigarette ab, legt meine Hand auf ihren Arsch. Schwingt sich den Pony zurecht.

»Die Welt braucht keine Langweiler, findest du nicht auch?«

Ich finde, dass sie Mist erzählt.

Im nächsten Moment rammt sie mir ihre Zunge in den Mund und wühlt darin herum. Sie schmeckt nach Asche und Rum. Ich schiebe sie von mir.

»Was ist los?«

Das ist doch genau die richtige Frage.

Sie tastet. Verheißungsvoller Augenaufschlag, als sie den Reißverschluss gefunden hat.

Nachdem ich sie mit einiger Mühe von weiteren Schandtaten abhalten kann, lässt sie meine Hose in Ruhe. Fährt sich durchs Haar.

»Tz! Von dir hätte ich mehr erwartet.«

Ich mache den Reißverschluss wieder zu.

»Schau dich mal um, die Auswahl ist groß genug.«

»Es sind die Leute! Stören die dich?«

»Nein, ich finde das nur bescheuert.«

Die verführerische Mina schubst.

Ihr Mund formt ein A. Sagt sie Arschloch? Arsch?

Zwei Typen ziehen an uns vorbei und pfeifen.

Der eine zeigt mir beide Daumen, bewegt die Lippen zu einem stummen: »*Nice One!*« Obendrauf noch ein Zwinkern.

Als wäre es nicht absurd genug hier.

Der andere zerrt ihn weiter, entschuldigt sich für sein Schamgefühl.

»Also gut«, höre ich Minas Stimme, als die beiden außer Reichweite sind. Sie klingt gestresst, ein bisschen wie nach einem Streit.

»Gehen wir's langsamer an. Zurück auf die Party?«

Ich bin mir ganz sicher, dass irgendetwas an diesem Abend furchtbar danebengegangen ist und jetzt alle Leute aus dem Ruder laufen. Irgendetwas hat die Menschen kaputt gemacht.

Ohne eine Antwort abzuwarten, läuft Mina über die Einfahrt, winkt über die Schulter und lässt ihre roten Haare in der Tür verschwinden. Später sehe ich sie mit dem Herrn Nice One an der Hauswand stehen, eng umschlungen und so ganz ohne Gefühl.

Er wird sich an diese Nacht erinnern und an die Küsse, die nicht nach ihr schmeckten, an die Berührungen, die taub auf seiner Haut lagen.

Was machen wir hier überhaupt?

Aus dem Fenster fliegt eine Jacke, hinterher eine schrille Stimme. Neben dem Aufschlag Applaus und alle Blicke zum Fenster. Gibt wohl Streit im Paradies.

Sie heben die Flaschen und einer schreit: »Das kommt davon!«

Dann sehe ich noch ein paar andere Sachen hinterherfliegen und außerdem, wie jemand ein Glas gegen die Hauswand wirft.

Neben meinem Kopf klirren Scherben.

Explosion einer Affäre und dazu noch mehr Applaus.

Fast wie an Silvester.

Ich betrachte die dunkle Einfahrt, die zur Wohnung führt, die Gestalten darauf und die Flaschen in ihren Händen. Die Flasche in meiner Hand. Stelle sie zur Seite. Nehme meine letzte Zigarette und zerknülle die Schachtel. Werfe sie auf den Boden. Trete dagegen. Ist doch alles ein Scheiß hier!

Von Leefke noch immer keine Spur. Dafür immer deutlicher die Konturen eines Gedankens, der so groß ist, dass ich ihn nicht in das Gewebe aus Alkohol und Nachtluft flechten und vergessen kann.

Vielleicht hat Mark doch Recht.

Oder ich bin betrunken.

Nein, ich will ganz sicher keine Heuchelei.

Und keine Vergangenheit.

Doch wieso dann die plötzliche Unsicherheit, die sich um mich schnürt, bis mir das Blut im Kopf ausbleibt?

Vielleicht ist es gar nicht nachts, ich sehe nur alles schwarz, weil es schon so weit ist.

Die Sterne sind in Wirklichkeit Sauerstoffmangel und die Menschen der letzte Rettungsversuch meines Verstandes.

In diese Nahtoderfahrung schnipse ich den Zigarettenstummel und warte darauf, dass alles in Flammen aufgeht.

Nichts geschieht.

Nichts.

Auch der aufdringliche Gedanke ist noch da.

Der Gedanke, den ich den ganzen Tag lang beiseitelegen konnte. Den ich vehement beiseitelege, seit ich sie vorgestern gesehen habe.

Anfang der Woche, vor ein paar Tagen, nach einem ganzen Jahr. Wunderbare Tage vor einem Jahr. Anfang der Woche ein wunderbarer Tag.

Und jetzt sowas hier.

Ich würde mich sogar wirklich gerne betrinken oder sonstwie zudröhnen, alles abstellen und im Puls des Rausches zur Ruhe kommen. Mich vergessen. Sie vergessen. Alles vergessen.

Vergessen geht aber nicht, weil Sturzbach.

Ich schlendere zurück in dieses laute, grelle Gebäude ohne Gefühl. Vielleicht wird das noch, rede ich mir ein, doch bereits als die Tür hinter mir ins Schloss fällt, weiß ich, dass es nicht wird.

Auf dem Asphalt war es ein Gedanke und hier im Treppenhaus sind es Triolen, die zu jedem Schritt in meinem Kopf umherschwirren.

Bis alles andere weg ist.

Bis nur noch sie klingen, zu einem stillen Takt und immer wieder. Ich laufe und höre nur eins und immer wieder:

Anna

Anna

Anna.

Bis nach oben zur Wohnungstür.

Erst, als ich da durch bin, verschwindet ihr Name in einer Ladung Krach. Und während ich mich noch frage, was jetzt besser ist, fliegt Judith auf mich zu.

»**S**orry! Sorry! Sorry!«

Sie rennt mich um.

»Sie klang so interessiert und ich dachte, sie wolle dich ernsthaft kennenlernen und ich dachte, sie wäre was für dich. Wiiirklich!«

»Schön, dass du an mich denkst.«

»Bist du böse?«

»Nein, hör mal! Ich wurde eben geküsst.«

Dann habe ich sie im Arm. Was ist nur los mit den Leuten?

Ich fische ein Knäuel Luftschlangen aus ihrem Haar und befreie ihre Stirn von Konfetti.

Sie drückt sich an mich und ich spüre ihre glühende Wange.

Mark kommt auf den Flur und lacht mich aus.

»Du bist ein echter Freund«, sage ich.

»Tut mir leid, aber du hättest sie sehen müssen.«

Ich verlagere Judith vorsichtig in seine Arme.

»Ist ja eine ganz schöne Party hier«, meint er.

»Ja, alle sind besoffen.«

»Ich bin's nicht. Wenn du willst, können wir uns irgendwo absetzen.«

»Und was machen wir mit deiner Liebsten?«

Er streichelt sie.

»Neinneingehtihrmal«, blubbert sie durch einen blonden Dschungel.

Dann springt sie wieder auf und hüpft im Takt der

167

Basssalven davon.

Wir schauen ihr eine Weile nach und verlassen dann die Wohnung. Weil Mark an alles gedacht hat, reicht er mir das dritte Bier der Party.

»Das hört wohl gar nicht mehr auf.«

»Trink es einfach. Ist ein Geschenk.«

Also gut.

Es könnte keinen härteren Kontrast zu dem Trubel in Leefkes Wohnung geben als die Vorderbühnen dieser Stadt.

Nichts als geputzte Fenster, ordentliche Straßen und ordentlich aneinander gereihte Laternen.

Kaum parkende Autos, weil hier jeder einen Hof hat und jeder Hof eine Garage. Saubere Einfahrten, von denen nur eine einzige beschmutzt ist, weil dort heute eine Party steigt. Neben wenigen WGs, von denen wir wahrscheinlich die meisten heute gesehen haben, gibt es hier nur Einfamilienharmonie.

»Ich glaube, die Gastgeberin ist geflohen.«

»Die willst du ja echt zu Gesicht bekommen.«

»Hoffnung.«

»Sag nicht, du fühlst dich hier auch falsch.«

Wir biegen in eine Seitengasse.

Es ist stockfinster, aber das kann uns nicht erschüttern.

Mark konfrontiert mich bald mit dem losen Ende eines Fadens, den ich vermutlich bei einem der unzähligen Schnäpse vergessen habe:

»Ich hab nachgedacht.«

Er sagt das so selbstverständlich, als hätten wir uns niemals nicht unterhalten.

»Tust du das nicht immer?«

»Ich meine ernsthaft nachgedacht.«

»Dann sei doch so gut und hilf mir auf die Sprünge.«

Ich leiste Vorarbeit und krame in meinem Gedächtnis herum. Habe keinen Schimmer, was er meint.

»Heute Morgen hast du gesagt, ich verschwende mich hier genauso wie du. Weißt du noch?«

Weiß ich noch.

Alles intakt.

»Und vielleicht hast du Recht.«

Hinter der nächsten Abbiegung kehren wir zurück auf beleuchtetes Straßenpflaster.

»Du hast jemanden kennengelernt.«

»Ja, Judith ist großartig. Aber sie ist auch...«

»Überdreht?«

»Nein. Es gibt nämlich Menschen, denen Enthusiasmus nicht suspekt ist.«

Ich denke an den Abend. Versuche, mir vorzustellen, was die beiden zuvor getan haben mögen. Vom Endpunkt den ganzen Weg rekonstruieren.

»Um sie herum ist alles laut«, sage ich in eine Wolke aus Mücken, die sich auf ihrem Beutezug in meinem Gesicht verheddert hat. Spucke ein wenig und schüttle sie ab. Marks Schwere macht aus dem wolkenlosen Nachthimmel einen schwarzen Sumpf.

»Wir treffen uns zum ersten Mal und landen auf irgendeiner Geburtstagsparty,« fährt er fort.

»Eine Party, auf der die Leute durchdrehen und sich jeder mit jedem so gut es geht betrinkt. Ihre Mitbewohner pendeln zwischen peinlich und abhanden und sie taumelt mit Konfetti im Gesicht über den Flur.«

»Hast du Nora kennengelernt?«

»Sie war kurz zu Hause, um etwas zu erledigen. Keine Ahnung, was. Hat mich auch nicht groß beachtet, war wohl zu sehr im Stress.«

»Klingt gut.«

»Willst du wissen, wie wir den Tag verbracht haben? Sie schwärmte von alledem hier.«

Ich hatte vergessen, dass Liebe keine Erde verbrennt, sondern immer nur den Narren.

»Aber ihr wart schwimmen. Illegal, soweit ich weiß.«

»Ja und das war auch toll.«

»Nackt?«

»Halt die Schnauze!«

»Dann lass dich nicht so gehen.«

»Du findest sie auch umwerfend.«

»Schon. Aber auch nicht mehr als das.«

Und vielleicht ist es genau das.

Vielleicht ist das alles, was da ist, eine umwerfende Erfahrung auf einem Konzert in einer umwerfenden Stadt.

Die Erinnerung an ein Gefühl von Grenzenlosigkeit und Aktualität, dessen Echo sich noch immer real anhört, obwohl der eigentliche Ton längst verklungen ist.

»Du wirkst, als hättest du's kommen sehen.«

»War nach deinen achtundzwanzig Anrufen nicht schwer.«

»Aber es sah zwischenzeitlich wirklich gut aus.«

»Es sieht immer irgendwann gut aus.«

Ich denke, er hat die Hoffnung auf das Mehr dahinter längst abgelegt. Hat sie sterben lassen und die Nüchternheit seitdem zu seinem großen Geheimnis gemacht. Ich denke, dass er solch ein Geheimnis braucht und darüber hinaus eine Lüge, die er so gut verkauft, dass es ihn hin und wieder überrascht, dass sie gar nicht wahr ist. Seine Lüge trägt Luftschlangen in den Haaren und sie tanzt auf jeder Feier dieser Stadt.

»Ich komme mit«, sagt er plötzlich.

Jetzt nicht mehr bedauerlich, sondern fest entschlossen.

Monumentalstimme.

Diesmal weiß ich, was er meint, und ich lasse mir Zeit mit der Antwort, weil da so viel dranhängt.

Da wären die Erwägungen, die Risiken!

Der nicht zu verachtende Alkoholeinfluss oder die ohnehin so aufgewühlte Stimmung.

Dazu Nachtatmosphäre und Schlafmangel, kaputte

Entwürfe und frische Enttäuschung. Das ist unüberschaubarer Kram, der beinahe jedes Wort in jeden Mund legen kann.

»Du würdest ziemlich viel zurücklassen.«

»Ja und vielleicht ist es mir das wert.«

»Du meinst, eine neue Stadt würde sich lohnen?«

»Ich meine, dass mir das Rumabenteuern mit dir die Sache wert ist!«

Und das muss ich jetzt erstmal in meinen Kopf kriegen.

Was er da sagt.

Verdauen.

»Es könnte funktionieren, das mit euch. Du müsstest an deiner Freizeitgestaltung arbeiten, aber...«

»So ein Schwachsinn. Du hast Recht: Ich hänge an der Vergangenheit und ich finde es wichtig, daran zu hängen. Aber das ist es dann auch.«

Kometensätze.

Ganz Dinslaken brennt lichterloh.

Jetzt die Asche vom Rücken klopfen und die Gerührtheit loswerden, denn ein Ende ist geboren.

Ich bin so gefasst, dass ich selbst den Schwur breche, den ich Mark vor unserer Reise abnahm:

»Ich muss Anna treffen.«

»Wow, Muck, du sagst ihren Namen.«

»Sehr witzig.«

»Nein, ehrlich. Das ist doch großartig!«

»Ja, aber ich muss sie treffen, um sie ein letztes Mal zu treffen. Nicht ganz so großartig, was?«

»Hamburg ist nicht das Ende der Welt!«

»Dann steht das jetzt?«

Er tritt ein paar Steine umher.

»Sie ist doch das einzige, worauf du dich im letzten Jahr gefreut hast.«

»Genau das meine ich!«

Ich werfe eine letzte Hoffnung in den Sumpf.

»Es muss sich was ändern.«

Und ich muss mir das einprägen, mir die Gewissheit in den Kopf rammen, um auch noch daran glauben zu können, wenn es so weit ist. Denn er hat auch dieses Mal Recht. Vielleicht hatte er die ganze Zeit über Recht und ich habe sie immer wiedersehen wollen. Vielleicht habe ich ihr schreiben wollen, vielleicht an ihr festhalten. Doch wie ungerecht wäre es, mit ihr etwas zu verbringen, das sie zur Hälfte unglücklich macht, weil es sie an einem Boden hält, der nie für sie bestimmt war. Ich möchte nicht, dass irgendein dreckiger Kompromiss zwischen unseren Leben als Bodensatz des Glücks zurückbleibt.

»Was auch immer du tust, Muck: Sei dir wenigstens diesmal sicher!«

»Klar.«

Sein Blick lässt nicht locker, also sage ich noch:

»Ich war mir noch nie so sicher. Hätte ich das früher begriffen, säße ich schon längst in Hamburg und hätte überhaupt keinen Gedanken daran verschwendet, das Studium vorzuschieben.«

»Na, so klingt das doch auch endlich überzeugend.«

»Also rufe ich in der Wohnung an?«

»Wir können da jederzeit rein, einfach so?«

»Ja, wenn wir uns beeilen. Von mir aus können wir morgen packen.«

»Kein Haken?«

»Nein.«

»Gut, dann kommt einer von mir!«

Natürlich, wie konnte ich glauben, dass mir das erspart bliebe.

»Die Abschlussfeier. Ende der Woche. Das wär doch der ideale Abgang.«

»Hanno?«

»Ganz genau. Und Moritz, der hat's auch gepackt.«

»Großartig.«

»Ja, manch einer schafft es sogar in Bochum.«

»Du schaffst gleich meinen Ellenbogen.«
Er geht vorsichtig einen Schritt zur Seite.
»Wir nehmen das noch mit und sind weg. Abgemacht?«
»Ist in Ordnung.«
»Gut.«

Langsam nähern wir uns wieder der Wohnung. Ich weiß nicht, ob ich unser Boheme-Gespräch als Kitsch abtun oder es schlichtweg hinnehmen soll. Sicher ist, dass es weitergeht. Und es mich beruhigt. Gar nicht sicher ist, was das bedeutet. Zunächst einmal bedeutet es mehr Arbeiten, mehr Trinkgeld, mehr übernächtigte Stunden. Müde Körper, zittrige Hände, rote Augen. In Hamburg studieren, Studium abschließen, weitersehen. Vielleicht eine Stelle als Bibliothekar oder wieder Arbeiten bei der Zeitung. Assistenzirgendwas bei irgendwem. Vielleicht Matze und sein Verlag. Ich würde das alles als gute Ideen bezeichnen. Es bedeutet Anna. Eine letzte Zeit lang Anna. Zumindest vorerst, zumindest fairerweise, zumindest... Ach, was weiß ich!
Als wir auf die Einfahrt treten und Gegröle und Partyschreien wieder Besitz von uns ergreifen, haut er mich nochmal an: »Ich finde übrigens, du solltest wirklich Journalist sein. Kannst das irgendwie mit dem Beobachten.«
Weiter kommen wir nicht, weil irgendwer eine aufgestochene Dose über meinen Kopf wirft.
»Leefke! Fang!«
Und hinter mir schnappt sie sich die Dose und leert sie in einem Zug. Rülpst, lehnt sich über die Mauer zum Blumenbeet und kotzt auf den Magnolien-Spross ihres Vaters.
Sofort eilt jemand herbei, um ihr zu helfen. Ein Hecht mit Cappy und schlaksigem Gang. Da bildet sich rasch eine kleine Menschentraube. Ich sehe nicht mehr von

ihr als die langen blonden Haare, die von ein paar Händen hinter ihren Schultern gehalten werden und die
schwarze Lederjacke mit Strasssteinen, über die sich
eine Spur aus Bierschaum zieht. Der Typ gibbelt wie
verrückt, zeigt auf die abgeknickte Blüte und klopft
Leefke auf den Rücken.
Schrilles Jubeln, Röchellachen mit Bröckchen.
Sie spuckt noch einen Schwall hinterher, ehe sie schlaff
auf die Mauer sinkt.
Alles Gute, Leefke. Ein Hoch auf die Nacht!

Ich habe nicht darüber nachgedacht,
wie das jetzt weiterlaufen soll. Mark offenbar auch
nicht, denn er bewegt sich zielstrebig über die Einfahrt
und drückt gegen die Tür. Vollkommen falsch, diese
Richtung. Wir sollten hier verschwinden, so lange es
noch geht. Bis nach Bochum kann keiner von uns noch
fahren, aber zumindest ein Stück von Judiths Wohnung weg, notfalls nur schieben. Dann im Auto über-
nachten und morgen früh den ganzen Wahnsinn vergessen. Den ganzen Wahnsinn vergessen.
Den ganzen...
Flur haben sie überschwemmt!
Ich trete in einen Bach aus Eiswürfeln, Schaum und
Bier, Glasscherben, Wodka und Zitronenschalen. Dazu
noch immer dasselbe Lied. Oder ein anderes. Jedenfalls dröhnender Bass und ätzende Flächen.
»Ihr zwei da, stillgestanden!«
Das grölt Frank, der in den Resten eines Elchkostüms
steckt. Der Reißverschluss ist zerrissen, das Fell völlig
verdreckt.
»Ich, der Abgeordnete des Komavereins und Spaßvo-
gel wider Willen befehle euch: Nehmt diese Kelle!«
Er hat tatsächlich eine Kelle in seinem Kostüm versteckt.
»Und schenkt euch ein, vom Fluss des Rausches.«
Dabei zeigt er auf die Plastikwanne, die auf dem Flur
neben einem kleinen Haufen durchnässter Taschen

175

steht.

Ich schenk mir hier überhaupt nichts ein vom Fluss der Scheiße.

Mache das recht deutlich, Buh-Rufe der Anwesenden.

»Diese beiden verweigern sich. Wir müssen sie von der Feier entfernen.«

Jammerschade, denke ich.

Hoffe auf unseren sofortigen Rauswurf. Der kommt nicht, es will bloß niemand mehr mit uns reden.

Wir stapfen durch den ehemaligen Flur und finden auf dem roten Floß, das ehemals eine Couch war, Judith und zwei andere Mädchen. Daneben ertrinkt eine Luftmatratze.

»Wo wart ihr denn so lange?«, fragt die plötzlich so glasige Judith, zwischen Zeige- und Mittelfinger zittert ein kalter Joint.

»Draußen«, sage ich und eine der beiden anderen sieht mich abschätzig an.

»Super Antwort«, sagt sie, »geht das auch etwas genauer?«

»Nicht hier?«

Mark versucht, sich schlichtend einzuschalten, indem er irgendwie kommuniziert, dass wir uns unterhalten mussten und so weiter. Interessiert natürlich niemanden.

»Ihr habt das Beste verpasst«, lallt das dritte Mädchen, das Mark als Nora identifiziert.

»Hier sind gerade zwei auf den Tisch gestiegen und der ist glatt zusammengekracht.«

Fällt mir jetzt erst auf, dass der Tisch weg ist.

Ich sehe wieder Frank mit Stroboskop ins Bad schleichen, doch diesmal bleibt die Tür einfach offen und er neben dem Toilettenkasten stehen, um den Leuten den Weg zu weisen.

Die setzen sich dann völlig ungehemmt auf die Brille

und machen Gott-weiß-was, bis er die Spülung betätigt.

Unsere Flucht kann nur noch eine Frage von Sekunden sein, denn alles ist kaputt, alles Schrott und alles am Ende.

Sicher hat Anna einen schöneren Abend.

Ich hoffe, dass sie einen schöneren Abend hat.

Auf einem Konzert oder sonstwo.

Vielleicht ist sie gerade auf einer dieser Partys, für die sich am nächsten Morgen keiner schämen muss. Oder sie ist zu Hause und liest. Oder hört Musik. Oder schläft. Oder sie langweilt sich und hofft, dass sich einer meldet.

Was für bescheuerte Gedanken.

Es reicht jedenfalls.

Wir laufen über den Flur zurück ins Treppenhaus und auf die Einfahrt. Kein Blick zurück und immer weiter.

Fluchtpunktperspektive.

Bis wir die nachtschwarzen, leeren Straßen überquert und uns angewidert und schockiert in Marks Wagen gesetzt haben. Er hat sich nicht einmal verabschiedet, sondern ist still und aufgewühlt durch den Strom seines Selbsterhaltungstriebs aus dem Haus geschwommen.

Jetzt startet er den Motor.

»Ernsthaft?«

»Nur das kleine Stück bis zur nächsten Gasse. Ich will hier morgen nicht von ihr geweckt werden.«

Da er vergisst, das Licht einzuschalten, knallt er gegen eine Mülltonne hinter uns.

»Geht schon.«

»Seh ich!«

»Schweige er.«

Ich steige aus, um die Mülltonnen wegzuschieben und Schlimmeres zu verhindern. Weil das alles gar nicht

real ist, sondern in einem fiktiven Glücksmoment ge-
schieht, bemerkt uns niemand.
»Mach dein Licht an«, sage ich, als ich wieder im Auto
sitze.
»Scheiße.«
Den Rest der Strecke tuckern wir mit kaum wahrnehm-
barer Geschwindigkeit.
Wir parken in einer unbeleuchteten Seitenstraße und
bauen das Auto zum Schlafplatz um.
Während wir das tun, kriegt Mark zwei Nachrichten:

Wo seid ihr denn?
Bin Balkang

Sollte wahrscheinlich Balkon heißen.
Dann noch einen Anruf, auf den er nicht reagiert.
Er schaltet das Handy aus, schmeißt es in den Fuß-
raum.
Übertreibt ein bisschen und legt die Fußmatte drauf.
»Das bereust du morgen früh.«
»Glaub ich auch«, sagt er und lässt sie dort.
Aus dem einlullenden Surren, das sich am frühen
Abend einstellte, ist längst ein Sturm aus Hammer-
schlägen geworden. Ein rauschender Bach aus Geräu-
schen und Stimmen und Krawall. Ich krieche in den
Kofferraum und versuche, dort so bequem wie möglich
zu liegen. Benutze eine alte Fleecedecke als Schlafsack
und warte darauf, in Ohnmacht zu fallen.
Mark liegt auf der Rückbank und zählt vermutlich
keine Schafe, sondern die Ausführungen derselben
Farce.
Vermutlich fragt er sich auch, was morgen kommt.
Ein gewagter Blick in eine Zukunft, die gar nicht mehr

so schlecht aussieht. Eine Handvoll neuer Möglichkeiten gegen eine Bandbreite neuer Risiken, welche bessere Aussicht hätten wir verdient?

Wir sind vielleicht die letzten Optimisten.

Eingepfercht in ein Gemisch aus Aufbruchstimmung und Ambitionen. Ein Gemisch aus dem Bisschen Bedauern, das sich an Erinnerungen haften kann und einem kleinen Stich in das Heldenherz. Er hat damit zu kämpfen, glaube ich.

Egal, wie gut es morgen wird.

Denn es ist ein grausames Schicksal, immer wieder zu hoffen, während alles immer wieder zerfließt. Ein grausames, rastloses unverdientes Schicksal. Für mich bedeutet es das Ende eines Tages, für Mark das Ende einer Idee.

Gute Nacht.

III

Drei Tage vor seinem Verschwinden

»Hey.«

»Hi! Muck, wow! Freut mich, dass du anrufst.«

»Hast du Zeit? Morgen?«

»Ja, habe ich...«

»Und übermorgen?«

»Ja, auch, was...«

»Alles klar, ich hol dich morgen früh ab. Sagen wir, so um neun? Wenn das okay ist.«

»Klar. Aber verrat mir, was du vorhast.«

»Siehst du doch morgen.«

»Gut, ich bin gespannt! Wehe, es lohnt sich nicht.«

»Natürlich lohnt es sich! Also bis morgen! Ach ja: Pack dir Schwimmsachen ein, Handtücher und so Zeug.«

Ich lege auf.

Rufe Mark an.

»Guten Morgen.«

»Ja, hi.«

»Sag mal, hat dein Auto morgen Zeit?«

»Weißt du, wie spät es ist?«

»Weiß ich, ist aber nicht so wichtig. Hat es?«

»Bring es mir einfach irgendwann wieder.«

»Danke! Schlaf gut.«

Er legt auf.

Ich hole meinen Rucksack und mache mich daran, Proviant für die hoffentlich schönste Zeit meines Lebens einzukaufen.

"

Ein paar Wolken waren da, als Anna und Muck in den Urlaub fuhren. In der Ferne diesige Horizontluft, goldene Streifen und etwas Tau auf dem Klatschmohnfeld, das neben der Straße leuchtete wie ein Laternenfest. Im Radio spielten sie *Miles Away* und der Fahrtwind sprudelte über heruntergelassene Scheiben. Frisch war der, später würde es wärmer werden und sie würden am Strand liegen und Wein aus kleinen Flaschen trinken. Sich über die Stürme lustig machen, die den Sand aufwirbelten, und ein Foto von den Wellen schießen.

Zwei Tage hatten sie für sich, die längste Zeit, die sie je miteinander verbringen sollten. Muck sprach vom großen Finale. Anna von ihrer schönsten Reise.

Sie erzählte ihm Geschichten zu den Liedern ihrer CDs und für jede Geschichte verriet er ihr etwas über sich. Es musste etwas sein, das er sonst niemandem erzählte und er musste ihre Fragen dazu ehrlich beantworten. Sie bestand darauf.

»Mit sechzehn habe ich versucht, Musik zu machen und klang total scheiße. Habe aber beschlossen, das gut zu finden, weil ich noch nicht bedauert werden wollte. «

»Und das hast du nie jemandem erzählt?«

»Nein.«

»Hehe!«

»Was?«

»Du hast ja doch eine Vergangenheit.«

Er freute sich über die aufrichtige Leidenschaft, mit der sie von ihrem Ausland-Jahr erzählte und von einem kleinen Festival, auf dem ihre Mitstreiter irgendwie verloren gingen.

»Die waren plötzlich weg und ich stand allein auf der Wiese, war aber überhaupt nicht schlimm.«

»Du hattest es für dich.«

»Ja, das war dann eine ganze andere Art, es genießen zu können.«

Und sie erzählte ihm von einem Mädchen aus Helsinki, das in einer Metalband sang und von Abenden unter explodierenden Feuerwerkskörpern, die sie gemeinsam bestaunt hatten.

Davon, dass ihr vielleicht noch niemand so vertraut gewesen war wie dieses Mädchen, obwohl sie noch nicht einmal ihren Namen erfahren hatte.

»Irgendwie beruhigend, dass es manchmal gar nicht wichtig ist, wer man ist.«

»Du wolltest dich aber nicht neu erfinden oder so Zeug?«

»Überhaupt nicht! Ich habe so viele verschiedene Menschen getroffen, aber nie daran gedacht, mich selbst zu entdecken. Ich weiß schließlich, wer ich bin.«

»*Das* ist beruhigend!«

Er suchte nach dem passenden Geheimnis für dieses Gefühl, das aus Luftschlangen und Leuchtfeuern zusammengeknöpft war.

Als sie ankamen, errichteten sie ihr Zelt an einem gut versteckten Strand, stellten es in den Schatten einiger Bäume und hofften darauf, dass niemand sie verscheuchen würde.

Sie lachte, als er auf einen der Bäume kletterte, um von dort einen Pavillon aus Stofftüchern über ihren Schlafplatz zu spannen. Und noch mehr, als er ihre Namen auf ihre Tassen schrieb. Als er sie ins Meer trug, schrie sie ein bisschen, denn das Wasser war kalt und die Wellen rauschten nur so über sie hinweg. Außer ihnen nur Muscheln im Sand. Muscheln, die sie sammelten.

Das Offensichtliche ihrer Reise sollte etwas sein, das sich unbemerkt einstellte, dann mitschwang und vibrierte.

Wie Taschenlampenkreise auf Zeltplätzen, Grillenzirpen und Gespräche auf Luftmatratzen. Das Klappern von Besteck in Campingkochertöpfen voller Wasser, das über winzigen Gasflammen vor sich hin köchelt.

Uferrauschen und die ersten Möwen am Strand.

Der Geruch vom Kunststoff der Schlafsäcke und das Geräusch von Reißverschlüssen.

Die letzten Gäste an irgendeiner Strandbude.

Das alles waren Dinge, die sich einstellten.

Irgendwie heimlich.

Anna und Muck schworen heimlich, es niemals zuzugeben: Sie würden nicht zugeben, sich zu vermissen, obwohl die größte Sehnsucht alles begleitete, was sie taten.

Sie begleitete ihren ersten Kuss in ihrem einzigen Urlaub. Die Musik, die dabei im Radio lief. Das Wetteifern um ein Meloneneis und ihren Triumph.

Auch, als sie in einer Schale Pommes herumstocherte und er versprach, ihr eines seiner Lieder zu zeigen, wenn sie wieder zu Hause waren, begleitete sie die größte Sehnsucht.

Als er ihr gestand, dass er schon in ein paar Tagen in Hamburg sein würde, schwang sie mit.

Sie war immer da, doch irgendwie heimlich.

»Ist doch verhext, oder?«

»Was meinst du?«

»Naja, wir lernen uns kennen und verlieren uns, warten ein Jahr, lernen uns wieder kennen und verlieren uns wieder.«

Er nahm einen Schluck aus der Weinflasche, schaute

eine Weile dem Meer zu, wie es sich zurückzog. Dabei das gleichmäßige Rauschen der Wellen. Fast unsichtbarer Schaum und lauter unsichtbare Schlussstriche unter dem Aufbegehren der Nordsee.

»Vielleicht muss es so sein«, sagte er dann.

»Sonst wäre es wieder nur ein Schwindel.«

Anna drehte sich auf die Seite und zog ihn zu sich. Sie wollte nicht, dass der salzige Wind oder der Sand oder die Abendluft zwischen ihnen lagen. Sie wollte überhaupt nicht, dass irgendetwas zwischen ihnen lag.

»Wünschst du dir manchmal, etwas im Nachhinein ändern zu können?«, fragte sie.

»Nein.«

»Noch nicht einmal Bochum?«

»Na gut, schon. Aber es lässt sich eben nicht ändern. Und was bringt diese Lethargie? Tausenden Leuten geht es so wie mir und alle versuchen, sich zu rechtfertigen, indem sie leiden.«

Er wollte nicht, dass sich irgendetwas änderte. Nicht in diesem Moment, als sie zu zweit auf einem schmalen Strandtuch lagen und er sie festhielt, in der albernen Angst, sie könnte über den Rand von einer Klippe stürzen.

»Und du?«

»Nein, aber ich habe Angst davor, dass es mal so wird.«

»Bist du deswegen verreist?«

Sie schüttelte den Kopf. Küsste ihn.

»Ich habe es gemacht, weil ich es wollte. Ich wollte es schon immer und da war eben die Gelegenheit dazu.«

»Ohne zurückzublicken?«

»Natürlich nicht. Aber es wäre falsch gewesen, zu bleiben.«

Er verstand es.

Mit einem Mal verstand er, worüber er sich ein Jahr lang den Kopf zerbrochen hatte. Nicht, dass er die Gründe kannte, oder das große Geheimnis lüften konnte, doch er wusste nun, dass es etwas gab, das ihr mehr bedeutete als alles andere.

Es war ihr Glück.

Das Glück an diesem Strand oder das Glück, einen Menschen kennenzulernen.

Eine Geschichte zu erzählen, eine Sache abzuschließen, eine andere zu beginnen.

Ein Leben zu beginnen.

Dinge zu sehen, zu bestaunen, zu begreifen.

Anzusammeln, loszulassen, sich auf ein Strandtuch zu legen, zu finden, zu teilen und zu behalten.

Sie wollten sich behalten.

Und sie wollten so aufrichtig sein, es nicht zu versuchen.

Nicht wie andere Menschen um die Zukunft kämpfen.

Nur, um sich dabei immer mehr zu verraten.

Muck wollte keine Zeit an etwas vergeuden, das es nicht gab.

Anna wollte Muck.

An diesem Tag, am Tag darauf.

Vielleicht am Tag darauf.

Bis er verschwand.

»Es war eine schöne Idee, herzukommen«, sagte sie.

»Und wir haben noch einen ganzen Tag.«

»Was machen wir denn morgen?«

Er fuhr ihr durch die Haare. Sie biss ihn und bekam keine Antwort.

Stattdessen zeigte er ihr das Buch, das er mitgenommen hatte:

»Weißt du noch, wir haben uns doch immer vorgelesen.«

»Klar weiß ich das noch.«

»Hast du Lust?«

»Gerne! Aber du musst anfangen.«

Er grinste und las die ersten Seiten von *Betty Blue*.

Sie lagen und lasen und tranken Wein.

Aßen Baguette und Weintrauben. Sie spielte mit den Locken, die sich in der salzigen Luft auf seinem Kopf zeigten und er spielte mit dem Gedanken, einfach dort zu bleiben.

Die Hälfte ihrer längsten Zeit ging zu Ende, als eine goldene Sonne den Abend ansteckte. Pfützen, die von der Flut zurückgelassen wurden, leuchteten wie Farbkleckse im Watt-grauen Sand. Wolkenbänke in rot und ein dunkler Streifen heranschnellender Nacht am Horizont.

Als würde die Nacht aus dem Tag gegossen.

Anna und Muck lagen da und beobachteten das alles.

Alles mit Violett-Stich und leichten Stichen beim Gedanken an den nächsten Abend.

Dann krochen sie in ihr Zelt und hörten dem Meer zu.

Und dem raschelnden Sand und den Grashalmen, die Luftschleier zerschnitten und den Brisen, die über den Strand fegten und den Baumkronen, die sich hin und her wogen.

Alles war schön.

Und alles war gut.

Sie taten sich so unglaublich gut.

Am nächsten Morgen lag wieder Tau auf den Gräsern und eisblaue Streifen waren in den Himmel geschnitzt.

Als könnte sich manches eben doch wiederholen.

Sie klapperten die umliegenden Orte ab, die sie fanden. Kleine Städte und Dörfer, um Seen angelegte Wälder und eine alte Mühle, die ein zweites Leben als Restaurant führte.

Erst am Abend glaubten sie daran, dass sie zurückfahren würden. Zurück nach Bochum und weg von diesem Strand. Sie sammelten Holz für den Abschied und wollten noch bleiben, bis es dunkel geworden war.

Also zündeten sie ein Feuer, das bis tief in die Nacht brannte.

Machten sich über kitschige Zitate lustig, über Dinge,

die irgendwelche Leute gesagt hatten und darüber, wie plump manche Menschen mit dem großen Geheimnis umgingen, das sie verschwiegen.

Er verriet ihr, dass er früher öfter hergefahren sei, jedoch noch nie daran gedacht hatte, jemandem mitzunehmen.

Alles war schön, als sie ihr Zelt abbauten, als sie das Feuer löschten und Muck einen Knallfrosch in die Glut warf, der knatterte und Funken sprühte.

»Silvester haben wir schließlich verpasst.«

»Ich dachte, du wärst mehr für Wunderkerzen.«

Er kramte in seinem Rucksack nach einer Stange römischer Lichter.

»Fang du an.«

Sie überlegte, ob sie das annehmen sollte. Anfangen sollte, wie er gesagt hatte oder ihn erst ein wenig aufziehen. Damit, dass es ja schließlich auch ganz schön kitschig sei.

Dann schoss sie bunte Leuchtkugeln über die Wellen.

»Ey, vergiss nicht, dir was zu wünschen.«

»Hab ich schon längst.«

Flackernde Lichter in der Luft.

Farben in der Nacht und auf dem Sand.

Dazu der Neujahrsduft von Schwefel und versenkter Pappe.

Zischen und Rauschen in den Ohren.

Ein blauer Feuerball verpuffte über ihren Köpfen.

Und noch einer.

Und noch einer.

Dann blieb es dunkel.

Sie standen da und schauten aufs Meer.

Schwarz war es.

Es lag in der Dunkelheit wie ein unausgesprochener Gedanke.

Wie so einer, der nach dem leichten Mehr strebt, zu

dem der leichte Geruch von Salz passte, das leichte Stechen ihrer Leidenschaft bei jedem Wellenbruch.

»Weißt du, dass wir das mit niemandem sonst erleben werden?«

»Ja«, sagte er.

»Sonst wären wir gar nicht hier.«

Sie zog ihn zu sich.

»Ich finde doch nie wieder so jemanden wie dich.«

»Das will ich auch hoffen.«

Er küsste sie und sie lachte ein bisschen.

Schrieb *Muck rettet den Kitsch* mit Filzstift auf den ausgebrannten Feuerwerkskörper und er schrieb daneben *Anna Lovis' grober Unfug*.

Dann stiegen sie ins Auto.

Er ließ den Motor an.

Sie fuhren los.

385 Tage nach ihrem ersten Treffen. 2 Tage vor seinem Verschwinden.

"

»Ganz schön spät dran, der Herr!«

»Ich freue mich auch, dich zu sehen.«

Mark wartet im Auto, ich steige dazu. Der Abend der Party. Abschlussfeier und morgen früh geht unser Zug. Das ist wahrscheinlich die erste Party der letzten Zeit, auf die ich mich freue. Vielleicht die erste mit Mark überhaupt, bei der ich keine Bedenken habe, dass es ein gewaltiges Fiasko wird. Und vielleicht knallen sogar Korken anstelle von U-Bahntüren.

»Hast du die Kameras?«

»Ne, die habe ich vergessen.«

Gerade, als er mir einen Vortrag halten will, ziehe ich zwei Super-8 Kameras aus dem verranzten Beutel, in dem auch eine Flasche Wein und ein paar Tüten Chips lagern.

»Was ist mit deinem Rucksack?«

»Ist voll.«

Dann fahren wir los.

»Triffst du dich nachher noch mit Anna?«

»Ja.«

»Die letzte Gelegenheit für euch.«

»Du hast noch die nächsten Jahre Zeit, mich mit deiner Neugier zu quälen. Jetzt lass uns erstmal ankommen.«

Er schiebt eine CD in das Laufwerk und wir hören die Hansen Band für den Rest der Fahrt.

»Müssen wir viel dazu sagen?«

»Ach was«, sagt er in den Dunst einer Zigarette.

189

»Wahrscheinlich kriegt das eh kaum einer mit.«

»Ganz klassisch also. Die großen Eskapisten.«

Als wir vor der Wohnung halten, sehen wir die feinen Damen und Herren zu Ehren der beiden Neu-Akademiker.

Da steht ein Grill auf dem Bürgersteig und eine Bar an der Hauswand und Flunkyballspieler auf der Straße.

Sieht ulkig aus, wenn sich Streifenpullover und Hemden und Westen und Blusen zusammen das Bier um die Wette in die Hälse schütten.

Aus den Fenstern dringt das übliche Gewitter.

Wir nehmen unsere Sachen und laufen über den Rasen zum großen Abschlussball.

»Muck! Mark! Geil, dass ihr gekommen seid!«

Hanno fällt uns an, ohne seine Flasche abzustellen.

Wir gratulieren ihm.

»Wo ist der andere?«

»Moritz kümmert sich drinnen um alles, ich bin für hier draußen zuständig.«

Klar, dass sie ihre Feier stilisieren mussten.

»Okay, dann gehen wir mal in den Innenbereich.«

»Alles klar, Mark. Und Muck: Wir trinken gleich einen!«

Dazu wedelt er mit dem Zeigefinger und klopft mir auf die Schulter.

In der Wohnung legen wir unseren Kram heimlich auf einen Tisch voller Geschenke.

Mit etwas Glück wird nie jemand herausfinden, dass auch wir ein gutes Herz haben.

Ansonsten hängt alles voll mit Girlanden und im Wohnzimmer haben sie die Möbel an den Rand geschoben, um Platz zum Tanzen zu schaffen.

Temporär-Tanzfläche.

Ich sehe Moritz darauf, wie er so tut, als würde er eine Angel werfen. Ein ziemlich zerzaustes Mädchen tut so, als würde sie an der Schnur hängen.

Sie trägt mehrere Krawatten um den Hals und gerade noch erhasche ich, wie ihr jemand eine weitere umbindet, bevor die Tanzfläche beim nächsten Lied explodiert.

Wir winken dem Angler zu und marschieren weiter in die Küche. Ist schließlich der Ort, an den man immer geht.

April sitzt dort und trinkt Sekt.

Rührt in einer Schale Bowle.

Als sie uns bemerkt, zückt sie drei Gläser und befüllt sie prompt.

»Schön, dass ihr da seid, ich habe etwas Besonderes für euch.«

Ich haue Mark an. Unsere Blicke sind Promilletester.

»Auf die Beiden!«, haucht sie, ihre Stimme so süß wie das Getränk in unseren Händen.

Ich kaue auf einer mit Wodka vollgesaugten Erdbeere und finde, dass diese Bowle ein ganz scheußliches Gesöff ist und April ein wunderschöner Mensch.

»Ich habe gehört, ihr zieht weg?«

Wie schnell sich so etwas verbreitet. Das reinste Lauffeuer.

»Wir werden schon morgen an den Landungsbrücken zu Abend essen«, jubelt Mark, dem unser Auffliegen keine Schwierigkeiten bereitet.

»Dann wünsche ich euch ganz viel Glück!«

Sie umarmt uns. Ihre Dreads landen in meinem Gesicht und ich fühle mich eins mit dem Universum.

»Pass auf dich auf«, sage ich und kehre zurück auf die Erde.

»Mache ich. Ihr beiden auch!«

Und wie immer fliegt sie davon. Die nebelige April.

Als sie aus der Küche ist, lassen wir schnell die Gläser verschwinden und nehmen uns jeder ein Bier.

»Ist doch wirklich nett hier.«

»Besser als alle Partys, auf denen ich bisher mit dir

war.«

Moritz schießt in die Küche.

»Leute! Das ist der Wahnsinn! Seht ihr die da?«

Er zeigt auf das Mädchen mit dem Krawattenschal.

»Ich glaube, sie steht auf mich.«

»Alles Gute erstmal«, beginne ich und sehe in seinen Augen undefinierbare Flammen.

»Wir haben dich beim Angeln gesehen.«

»Oh Mann, wie peinlich! Egal! Ich muss wieder los. Danke euch beiden für die Kamera, die ist klasse!«

Dann stürmt er zurück auf die Tanzfläche und wickelt sich eine der Krawatten ums Handgelenk. Kommt wohl gut an.

»Er hat es gemerkt«, stellt Mark fest. »Jetzt müssen wir uns für unsere Nächstenliebe verantworten.«

»Könnte schlimmer kommen.«

»Was ist denn schlimmer für dich als Menschen, die wissen, dass du etwas empfinden kannst?«

Ich gehe doch nochmal an die Bowle.

Vielleicht schmeckt sie ja beim zweiten Mal besser.

»Zukünftige Mitbewohner. Die sind schlimmer.«

Als nächstes entdecke ich den Kerl, der immer da ist.

Er steht in einer Ecke des Wohnzimmers, zusammen mit ein paar anderen und wedelt schwergängig mit seinen Armen. Erzählt denen wahrscheinlich gerade von seinem letzten Wochenende. So, wie er schon morgen irgendwelchen anderen Leuten von dieser Party erzählen wird.

Der ewige Hagen.

Wir nicken ihm zu und ich bin dankbar, weil seine Gruppe ihn nicht weglassen will. Die erste Begegnung, bei der ich nicht mit ihm reden muss.

Und von Lisa und Simon fehlt jede Spur.

Als hätte jemand all das Schlechte gepackt und aus unserem letzten Abend gerissen, um dem Gedächtnis keine Mühen zu bereiten. Um sicherzugehen, dass wir ihn schön in Erinnerung halten werden.

Schon verblüffend, denke ich, als Mark auf die Tanzfläche verschwindet und ich zu Hanno nach draußen gehe.

Er serviert mir einen Teller gefüllter Pilze, selbstgemachte Sauce dazu, Schnaps obendrauf.

Schnaps hinterher.

»Ihr zieht weg?«

»Morgen.«

»Schade, war immer lustig mit euch. Was machen wir mit dem Konzert von Nathan Gray?«

Das geht mir überraschend nah.

»Vielleicht fahr ich mal runter«, sage ich.

»Wisst ihr schon, wie's weitergeht?«

»Wird sich zeigen. Übrigens, echt schöne Party.«

Wir stehen dann eine Weile dort am Grill und sorgen für die Gesprächslücken vor, die sich von nun an in unseren Tagesabläufen auftun werden. In den neuen Tagen, mit denen niemand gerechnet hätte.

»Danke für die Kamera«, sagt er und ich fühle mich ertappt.

»So offensichtlich?«

»Schon in Ordnung, ist mit Abstand das beste Geschenk.«

Wir lachen.

»Und was habt ihr vor, als neu Getaufte?«

»Moritz wird Philo-Lehrer, ich bleibe an der Uni. Forschung.«

»Nicht schlecht.«

»Ja, alles geht voran, sogar der ewige Hagen ist bald fertig.«

»Wer hat ihm eigentlich diesen Namen gegeben?«

»Ich glaube, das weiß niemand. Vielleicht heißt er so.«

Hanno nimmt sich ein neues Bier aus der Kühltruhe hinter ihm.

»April wird nach Schweden auswandern«, zieht er weiter die Bilanz unseres Uni-Lebens.

»Ihr Freund hat da eine Promotionsstelle bekommen.«

»Hättest du geglaubt, dass sich das alles so ergibt?«, frage ich und zerkaue einen Pilz.

Er trinkt.

»Ich hab's geahnt: Irgendwann kommt der große Knall und alle fliegen davon.«

Nehme mir auch ein Bier und überlege, was ich davon halten soll.

»Bevor du trinkst: Kennst du den Film, wo sie zu dritt auf einem Balkon sitzen und im Grunde schon wissen, dass es sie am Ende auseinandertreiben wird?«

»Ähm...deine Beschreibung ist...«

»Egal, jedenfalls ist es bei uns allen doch genauso.«

Ich nehme einen Schluck und nicke langsam. Höre ihm zu.

»Wir haben uns zusammengerauft, um aus der ganzen Zeit das Beste zu machen.«

»Bloß ohne Balkon.«

Er lacht.

»Du sagst es.«

Wir trinken das Bier und ich gehe zurück in die Wohnung.

Um aus der ganzen Zeit das Beste zu machen.

Ich glaube, es ist alles bestens.

Und nach ein paar Tänzen und Trinkspielen und Musiksalven denke ich an den anderen Teil der Nacht.

An den größeren Teil, bevor Mark mich abholt und wir zum Bahnhof fahren.

Ich denke daran, nachdem ich mit April getanzt habe. Ihr zu Schweden gratuliert. Nachdem sie zum ersten Mal länger als ein paar Minuten geblieben ist und ich zum zweiten Mal dem ewigen Hagen nur gewinkt habe, weil er zum dritten Mal ins Bad rannte, um sich zu übergeben.

Ich schaue mich um und sehe all das zum letzten Mal.
Die Girlanden und zurückgeschobenen Möbel.
Die Gesichter.
Zum letzten Mal lache ich mit, als jemand zur Toilette
zeigt und den Kopf schüttelt. Zum letzten Mal pflichte
ich einigen Erstsemestern bei, weil sie die Uni verflu-
chen. Ich höre ein Lied untergehen in den Stimmen,
die es mitsingen, Ekstase pulsieren in den Gefühlen,
die es versprüht.
Und ich trinke einen Schnaps auf jedes zukünftige Damals, das vielleicht etwas bedeutet. Weil alles etwas bedeutet.
Weil es immer Begegnungen und Abschiede sind, die
aus losen Enden Tage flechten und aus losen Tagen Geschichten.
Das ist es doch, worum geht.
Worum es immer gegangen ist.
Ich vergewissere mich, das rechte Bild festzuhalten
und mache mich auf den Weg.
Treffe Moritz an der Tür.
Vollgehangen mit Krawatten, liebestrunken und besoffen.
Wir reden kurz irgendein Zeug von wegen, dass man
sich mal besuchen wird und was man sonst alles sagt,
wenn man sich sowieso nie wiedersieht.
Aber es ist okay und es ist gut und er läuft dann auch
schnell zurück in das Knäuel aus tanzenden Studenten.
Der Abschied von Hanno fällt mir viel schwerer als gedacht. Wir sagen kaum etwas, da wir unser Gespräch
schließlich schon hatten und kurz vor dem Schluss
kommt nur noch die Umarmung, die ein bisschen weh
tut.
Er verspricht, Mark zu zwingen, mich hin und wieder
in den Zug zu setzen. Und er freut sich auf das Konzert,
das wir ja vielleicht doch zusammen besuchen.

Und wenn wir das nicht tun, gehen wir eben auf ein anderes.

Irgendetwas wird schon, irgendwas ist immer.

Auf Wiedersehen, Hanno.

Und nochmal alles Gute!

Ich gehe an den Leuten vorbei und an den Gesprächen und an den Sitzgruppen.

Ich verlasse die Party mit einem guten Gefühl, weil es immer noch etwas gibt, das man vorher nicht kannte.

Etwas, das sich einprägen wird wie die ersten Gerüche in einer neuen Stadt, einer neuen Wohnung, die ersten zaghaften Versuche, sich zu unterhalten.

Und wenn man das in Aussicht hat, ist es schon okay.

Dann bleibt von der Party nichts weiter als ein schöner, heller Fleck im Dunkeln.

Aus und vorbei

Ich sitze in der Küche, schaue durch die halb-geöffneten Blenden zur Straße hinaus. Da ist es schwarz und alles fällt in dieses schäbige Laternenlicht.
Ich habe das Radio laufen. Trinke Kaffee, rauche, asche in die Kakaotasse.
Es ist spät, nicht mehr lang und er holt mich ab. Dann parken wir den Ascona in irgendeiner Seitenstraße, schließen ab und lassen ihn stehen. Symbolischer geht es nicht. Ein bisschen überzogen, aber das gehört wohl dazu, wenn man seine Sachen packt.
Während ich die nächste Zigarette anstecke, warte ich auf Anna, die jeden Augenblick hier auftaucht.
Sie sagte, dass ich ihr das schulde.
Zumindest einen Teil der letzten Nacht schulde ich ihr, hat sie gesagt.
Unter dem Küchentisch mein Rucksack.
Vollgestopft mit irgendwelchem Kram und Klamotten. Bargeld, Erspartes, der Block, ein Stift. In den Seitentaschen Regenschirm und Taschenlampe.
Ich bin vorbereitet, zwei Zugtickets stecken in einer Mappe, in der auch Bewerbungsunterlagen für alles Mögliche stecken. Habe versucht, die ganze Bandbreite an Rettungsseilen abzudecken, nichts auszulassen, nur weil es abwegig klingt. Morgen biete ich mich an, als Page der Welt.
Und heute bin ich Optimist.
Vor mir liegt eine kleine Schachtel.

197

Verpackt, verschlossen.

Die werde ich ihr schenken und dann ist alles gut. Wenn von der Vergangenheit ein schönes Bild übrigbleibt, ist das doch mehr als genug.

Mir fällt auf, dass sie noch nie hier war.

Sie wollte sich das immer aufsparen, damit es noch etwas zu entdecken gab, falls wir uns bald langweilten. Fand das sehr lustig und stimmte ihr zu.

Jetzt warte ich auf sie und schaue mich um.

Ablenkungsmanöver.

Auf dem Radio eine leere Flasche Schnaps, im Badezimmer steht ein Kasten Fiege in der Dusche.

Glanzleben und Reste meiner Nächte in Bochum.

Ich frage mich, was sie davon halten wird.

Was sie von den Möbeln halten wird, die größtenteils als etwas anderes gedacht waren, bevor ich sie hier reingeschleppt und gezwungen habe, ein Dasein als Lampe, als Nachttisch, als Bücherregal zu fristen. Sie wird eine Archäologin sein, die Zeichen der letzten Jahre aus dem verschütteten Diesseits bergen, um, Stück für Stück, das Bild einer kommenden Vergangenheit zusammenzustellen, die wir uns irgendwann mal zeigen wollten. Und ich frage mich, was sie davon hält, dass ich kein Wohnzimmer habe, dafür jedoch einen Bogen unter der Decke im Flur, in den ein Pfeil gespannt ist, der beim Eintritt auf die Besucher zielt. Wer da schwache Nerven hat, könnte sterben. Aber das Risiko nehme ich in Kauf.

Genau wie ich in Kauf nehme, ganz schön viel an sie zu denken.

Muss jetzt mal klarkommen, Puls beruhigen. Da hilft der Kaffee nicht besonders, die Zigaretten ebenso wenig. Aber ohne geht's nicht. Vielleicht das Wasser, das altbewährte. Gehe zum Hahn und klemme den Kopf darunter.

Ich habe sogar an mein Versprechen gedacht und einen

198

uralten Text aus der hintersten Ecke einer uralten Schublade gekramt und ihn abgeschrieben, weil die Tinte auf dem Original kaum noch zu lesen ist.

Höre Schritte vor der Tür. Oder Pulspochen im Ohr.

Kann das nicht unterscheiden und stelle das Wasser ab.

Nehme den Rest der Zigarette in einem Zug.

Doch, das sind ganz sicher Schritte. Und das ist ganz sicher Schwindel in meinem Kopf.

Nur, wer im letzten Moment versagt, ist ein Versager.

Sie schellt.

Alles klar, es ist so weit.

Ich drehe das Radio leiser und gehe in den Flur.

»Das ging schnell!«

»Komm rein.«

Sie beäugt den Pfeil, der gerade auf sie gerichtet ist und ihr fällt auf, dass der Bogen eigentlich ein Stock ist und die Sehne ein gewöhnlicher Baumwollfaden.

»Erschrecken sich hier viele?«

»Ein paar.«

»Witzig.«

Ich hole uns etwas zu trinken aus der Dusche.

Zwei Kronkorken klimpern über Fliesen.

»Danke!«

Wir gehen ins Schlafzimmer und sie lächelt, als sie sich aufs Bett setzt und die Lampe einschaltet.

»So eine habe ich auch!«

»Ernsthaft?«

»Ja, nur steht sie bei mir im Wohnzimmer.«

»Da bin ich leider etwas beschränkt.«

»Du hast kein Wohnzimmer?«

»Nein.«

»Schade. Ich würde dir meins zeigen, aber wir sehen uns ja nach heute nie wieder.«

Clyde-Lächeln. Und morgen schnappen sie uns.

»Was ist das?«

Sie zeigt auf ein paar Sätze, die Mark mit Edding an meine Wand geschrieben hat:

Die Guten bleiben unbeschadet und der Rest verblasst.
Lass es gut sein.
Lass einfach sein.

Daneben, unverhältnismäßig groß: *Prost!*
»Da kann ich nichts für«, sage ich, »das ist von Mark.«
Ein Nicken, dann klopft sie aufs Bett.
Ich setze mich neben sie und weiß, dass es kein Zurück gibt. Ich weiß auch, dass sie die Schönste ist und Staubpartikel in der Luft über ihrer Haut verglühen. Streichle sie und ziehe sie zu mir.
Aus der Küche dringt irgendein schnulziger Scheiß.
Wir lachen darüber, aber es stört uns nicht. Weil uns gar nichts mehr stört. Mir kommt es vor, als sei hinter den Fenstern alles ein Witz und wir ein Wink der Gelegenheit, die sich eben manchmal bietet. Wenn sie da ist, ist alles besser.
Ich sage ihr das und sie hält meinen Arm fest, während er auf ihr liegt und ich glaube, dass sie ihn nicht mehr loslässt und ich will auch gar nicht, dass sie ihn loslässt. Puste ihr in den Nacken. Sie zittert kurz, dreht sich um.
»Glaubst du, es würde vielleicht doch funktionieren?«
»Du meinst länger?«
»Ja.«
»Nein.«
Sie streift über mein Gesicht, spielt mit einer Strähne, die sich irgendwie zwischen ihren Fingern verfängt.
Ich bringe es zu einem angeschlagenen Lächeln und sage, dass ich sie mal anrufen werde.
»Oder du bleibst einfach hier.«

Dann lachen wir, als hätten wir es niemals gesagt.

Sie kitzelt mich mit ihren Haarspitzen.

Jetzt kein schnulziger Scheiß mehr, Tomte im Radio mit *Die Schönheit der Chance*.

»Kennst du das Lied?«

»Klar.«

Plötzlich rutscht sie weg.

»Du hast mir noch etwas versprochen!«

»Kann gar nicht sein.«

»Deinen Text!«

»Ich hatte gehofft, du würdest es vergessen.«

Dann greife ich über sie und wühle auf dem Nachttisch herum, bis ich ein gefaltetes Blatt Papier zu fassen bekomme.

Sie legt sich auf den Rücken und entfaltet es. Hält es gegen die Lampe.

Ich beobachte sie, wie sie die einzelnen Zeilen liest. Wie sie die Lippen dazu bewegt, als versuche sie sich vorzustellen, das Lied zu hören, das es mal werden sollte.

Ihre Augen, die über das Blatt wandern, ihre Wimpern, die manchmal zucken, weil das alles hier im Halbdunkeln abläuft. Als sie fertig ist, verstecke ich meinen Kopf unter ihren Haaren.

»Das ist echt gut.«

»Das Licht oder das Bett?«

»Das hier!«

Sie wedelt mit dem Text und beginnt, ihn ein zweites Mal zu lesen.

»Und es gibt wirklich kein fertiges Lied?«

»Niemals!«

Als wäre es ihr jetzt erst aufgefallen, legt sie meinen Kopf frei und begräbt ihn sogleich wieder.

»Schade.«

»Ich würde mich dransetzen, aber du weißt ja.«

»Ich könnte es sowieso nicht hören?«

Nehme ihr den Text ab.

Sie versucht, ihn wiederzubekommen.

»Ey!«

»Du hast ihn doch schon zwei Mal gelesen.«

Aus dem Kampf wird ein Kuss. Ihr Atem und rasender Herzschlag.

Mein Puls dagegen, wir beide und die Schönheit der Chance.

Draußen das unergründliche Schwarz, das wie ein Spanntuch über der Stadt hängt, und in meinem Kopf Gedanken an Höhlen aus Stofflaken und Bettwäsche, die ich früher gebaut habe, weil ich leben wollte wie Birk Borkason.

Dann nehme ich sie in den Arm.

Wir wagen nicht mehr, uns zu bewegen, aus Angst, etwas nicht zu erleben. Es kommt mir vor, als würde allein das Atmen uns durchschütteln, das Heben und Senken meiner Brust ist das Verschieben von Erdplatten.

Ich glaube, wir sehen sehr schön aus. Auch zusammen. Begrenzte Zeit ist das Einzige, das man wirklich genießen kann. Im Moment ist es das Einzige, was ich wirklich genießen will. Wenn morgen alles weg ist, wird es eine Erinnerung sein, die sich lohnt.

»Bist du ganz sicher?«, fragt sie und ich weiß, dass es die letzte Gelegenheit ist, alles umzuwerfen.

»Irgendwann würden wir zu solchen, die sich ständig verpassen«, sage ich.

»Zu solchen, die es gut meinen, aber nicht mehr hinkriegen. Das wär doch viel zu schade.«

Sie atmet aus. Erleichtert, beruhigt. Als fiele es ihr nach meiner Antwort leichter, loszulassen. Mir fällt es jetzt leichter, sie zu vermissen.

Irgendwo draußen schmeißt jemand eine Autotür zu. Schritte tippeln über Asphalt, klingen wie Echos. Dazu Grillenzirpen. Vermutlich das Ende einer Party, ein Typ geht nach Hause und macht sich schon Gedanken über sein nächstes Wochenende. Ob das wohl besser wird als dieses. Weil diesmal ja nicht so viel passiert ist wie sonst.

Wie spät es wohl ist?

Anna streichelt meinen Arm. Ich streichle ihren Arm.

Sie zittert, aber das spüre ich kaum. Ist auch egal, wie spät es ist. Vielleicht schläft sie ein und ich schleiche mich davon. Oder wir stehen auf und winken uns zu und gehen.

Jedes Mal, wenn ich daran denke, zucke ich leicht zusammen. Ich tue dann so, als sei nichts gewesen, aber insgeheim genieße ich auch das.

Wen kümmert es, dass die Zeit viel schneller vergeht? Dass schon bald die ersten Risse im Nachtzelt entstehen und Schritte unter Stimmfetzen herlaufen. Türen auf- und zugeschlossen werden. Dass es noch immer dunkel ist, als schon langsam die Sonne aufgeht, sie sich über Hausdächer schleppt wie ein golden leuchtender Riese, der die Wolken zur Seite drängt, die ihm die Sicht auf den Tag versperren. Es kann nicht mehr lange dauern.

Doch mich kümmert das nicht.

Nicht, so lange sie da ist.

Dann wieder eine Autotür. Diesmal ein bekanntes Geräusch. Und diesmal auch Schritte, die sich nähern, die zu meiner Wohnung führen, die dem Typen gehören, der das hier auseinandernehmen soll. Ganz plötzlich haben wir nur noch die Zeit einer Zigarette in seinem Mund.

Anna springt auf und läuft in den Flur, kommt mit ihrer Tasche zurück.

»Ist nicht ganz wie vereinbart, aber ich möchte dir das hier geben.«

Sie reicht mir ein kleines Buch und darin sind Fotos und Textpassagen aus Liedern, die wir gehört haben. Bilder von ihr mit dem Mädchen aus Finnland, Bilder

von mir auf dem Konzert vor einem Jahr. Der Presseausweis an meinem Gürtel. Zitate aus Büchern und Filmen, die wir mochten, und ganz hinten das Bild von
uns auf der Party. Ein überbelichteter Schnappschuss,
auf dem wir aussehen wie betrunkene Wunschgedanken.

»Wow..., das ist..., warte!«

Ich hole die Schachtel und mein Zittern schiebe ich auf
die Kälte des Fußbodens und auf die kribbelnde
Müdigkeit nach einer durchgemachten Nacht und das
enorme Dröhnen hinter den Augen schiebe ich auf die
Dunkelheit und das komisch gedämpfte Licht.

»Damit sind wir wohl quitt«, sage ich, um die Schwere
im Hals zu ignorieren.

Sie zieht eine Kette heraus mit einer Uhr daran, auf deren Rückseite eingeritzt steht:

Anna und Muck retten den Kitsch.

Dabei liegen zusammengefaltet ein paar Blätter.

»Ein Tag nach unserem ersten Treffen«, liest sie vor
und ich halte sie jetzt ganz fest und dann ist alles gut.

Sie weint ein bisschen und ich finde es schwer, an die
Sache zu glauben. An die Sache mit dem Abschied und
der Grenze. Ich finde es so schwer, dass ich überlege,
Hamburg zu vergessen. Und mein kaputtes Studium.
Mein ganzes, kaputtes, niemals zu rettendes Dasein
hier.

Doch alles ist gut.

Anna sieht müde aus, aber sie will nicht schlafen. Sie
will jetzt auch nicht gehen, sondern hält mich fest.

Ihr Atem zittert, Lippen beben heiß und wunderschön.
Sie ist wunderschön, ballt Fäuste um den Stoff meines
T-Shirts.

Als wir uns küssen, bilde ich mir ein, eine Zigarette zu Boden fallen zu hören und ich weiß, das ist es jetzt: Noch einmal aufbegehren, das Schicksal verlachen, sich richtig fühlen im Funkenflug, der an Backsteinen entlang sprüht. Brennender Stern sein und aufschlagen mit einem Knall. Mit einem Knall alles beenden, weil man an zwei noch glühenden Kratern sehen soll, wie groß das war.

Das ist nämlich größer als die ganzen Illusionen und Lebensentwürfe, an denen Selbstaufgaben nagen wie Motten an alten Kleidern. Es ist viel größer als der ganze Scheiß, weil es nur das hier ist, während wir aufbegehren und verlieren. Aufbegehren und verlieren, aufbegehren und...

Wir lassen los. Völlige Stille.

Setzen uns nebeneinander. Sind bereit.

Nur für das hier.

Das hier.

Das hier.

Das hier.

Und es muss einen Weg geben, alles zu behalten. Die Spannung nicht zu verlieren. Sich nicht zu verlieren. Wir würden so weiter machen. Fremd bleiben. In den Urlaub fahren und uns Geschichten erzählen, Geheimnisse verraten, über den Kitsch lachen. Ohne Namen, weil Namen für danach bestimmt sind, wenn das Eigentliche längst gelaufen ist. Wir würden weiter über die Idioten lachen und über die, die sich etwas vormachen. Über vertane Zeit und Menschen, die stören. Immer eine Gänsehaut bekommen, nie fragen, was der andere macht. Wenn unsere Finger sich berühren, sollen sich unsere Biografien nur so lange ineinander verheddern, bis wir wieder loslassen. Immer zwei Schritte voraus sein, immer...

Es klingelt.

»Also dann.«

»Pass in Hamburg gut auf dich auf.«

»Mach ich! Du hier aber auch.«

»Ich schleich mich gleich raus, okay?«

»Klar.«

»Okay. Viel Spaß auf der Fahrt.«

»Du willst wirklich nicht mit zur Tür?«

»Nein, das ist schon gut so.«

»Gut.«

Dann stehe ich auf.

»Ach, Muck!«

»Ja?«

»Hab ein schönes Leben!«

»Na, bestimmt.«

»Das versprichst du mir, ja?«

»Du zuerst.«

Mark schellt ein zweites Mal und wir lachen über das Schicksal.

Weil wir wissen, dass wir es nicht verbockt haben. Dass wir es nie wieder verbocken können. Dann noch eine Umarmung. Noch einmal loslassen und wir haben es geschafft.

Auf das Ende!

War doch klar.

Mucks Lied

Türen auf und Platzangst.
Platzpatronen, um Gespenster zu verjagen.
Ich hätte gern mehr von dir gehört
und Musik mit dir geteilt.
Doch dafür hör ich jetzt das Rattern auf den Gleisen,
rede mir ein, das sei die Welt.
Die ächzt und bebt
nur für den Tropfen Bedeutung.
Ich verlange Betäubung!
Denn ungelenke Umstände versperren mir den Weg.
Zurück zu dir, läuft alles prima?
Wahrscheinlich könnt's nicht besser sein.
Bei mir auch. Ach, scheiße: meine Bahn!
Vielleicht bis irgendwann.

Zweite Strophen sind die schwersten.
Ich lass mir nicht viel Zeit.
Hast du Lust, was zu machen?
Am Friedensplatz um kurz nach vier.
Es wurde ein bisschen später,
noch ein bisschen später als gedacht.
Das tut mir leid um unseren Abend.
Doch dafür bin ich jetzt auch durch.
Vielleicht bis irgendwann.
Oder besser noch, leb wohl.

Zeitfracht Medien GmbH
Ferdinand-Jühlke-Straße 7
99095 Erfurt, Deutschland
produktsicherheit@kolibri360.de